K

Karine Giebel a été deux fois lauréate du prix marseillais du Polar : en 2005 pour son premier roman *Terminus Elicius* (collection « Rail noir », puis réédité chez Belfond en 2016) et en 2012 pour *Juste une ombre* (Fleuve Éditions), également prix Polar francophone à Cognac. *Les Morsures de l'ombre* (Fleuve Éditions, 2007), son troisième roman, a reçu le prix Intramuros, le prix SNCF du polar et le prix Derrière les murs. *Meurtres pour rédemption* (Fleuve Éditions, 2010) est considéré comme un chef-d'œuvre du roman noir. Ses livres sont traduits dans plusieurs pays et, pour certains, en cours d'adaptation audiovisuelle. *Chiens de sang* (2008), *Jusqu'à ce que la mort nous unisse* (2009), *Purgatoire des innocents* (2013) et *Satan était un ange* (2014) ont paru chez Fleuve Éditions. Tous ces livres sont repris chez Pocket.
En 2016, *De force* a paru chez Belfond (Pocket, 2017), suivi, en 2017, du recueil de nouvelles *D'ombre et de silence* (Pocket, 2018), de *Toutes blessent, la dernière tue* en 2018 et de *Ce que tu as fait de moi* en 2019 chez le même éditeur.

CHIENS DE SANG

KARINE GIEBEL

CHIENS DE SANG

© 2008, Éditions Fleuve Noir, département d'Univers Poche.
ISBN : 978-2-266-20798-0

« *On compare parfois la cruauté de l'homme à celle des fauves, c'est faire injure à ces derniers.* »

Dostoïevski

« *La nuit ondulait dans un languissant strip-tease, effeuillant une à une ses ténèbres, jusqu'à l'ultime nudité lumineuse de l'aube...* »

Extrait d'*Androzone* de Jacky Pop,
à qui ce livre est dédié.

Prologue

Il court.

À en perdre haleine.

Depuis des heures, pourtant. Presque depuis l'aube de ce jour maudit.

Il file, se jouant des obstacles avec une surprenante agilité, une incroyable endurance.

Il court, alors que les prémices du crépuscule cisèlent déjà la forêt d'ombres inquiétantes pour le profane. Ombres qui ne l'effraient pas ; lui, si puissant, si fort.

Il court.

Meute hurlante sur ses talons. Musique atroce qui le harcèle, le poursuit…

La fin est proche.

Ils ne lui auront donc laissé aucune chance.

Il ne comprend pas.

Pourquoi… ?

On dirait qu'ils s'amusent. Simple distraction… ?

À bout de forces, il capitule enfin. Son cœur est au bord de la rupture, ses muscles refusent un effort supplémentaire.

Il s'arrête ; rattrapé, encerclé, presque immédiatement.

Il se dresse sur ses pattes, fier, face aux ennemis. Trop nombreux. Trop déterminés.

Ivres de sauvagerie.

Épuisé, mais il ne se couche pas ; affronte son destin, se bat jusqu'au bout. Défend ce qui reste de sa vie.

L'heure a sonné. Celle de l'hallali.

Pourquoi… ?

Il s'affaisse, chute.

Morsures, déchirures, hurlements, sang.

Carnage.

L'heure a sonné. Celle de la curée.

Un homme s'approche ; costume grotesque, témoignage d'une époque révolue. Sourire dont la cruauté ne peut être qu'humaine.

Sourire aussi saugrenu que son accoutrement. Aussi absurde que cette macabre mise en scène.

Une dague à la main, lame qui étincelle dans les rayons du soleil agonisant.

Son dernier soleil.

Il ne distingue plus qu'une silhouette au milieu des ténèbres mais perçoit encore les cris ; la douleur, surtout. Pourquoi prend-il son temps pour l'achever ? Quel est donc ce jeu ?…

Barbare.

Il endurera encore de longues secondes pour entendre… Clameurs de joie, assassines, résonnant dans cette arène qui fut son royaume, jadis… Derniers battements de son cœur… Ses paupières tombent, pas complètement. Ses yeux demeurent ouverts sur l'outrage ultime.

Dépeçage.

Prunelles éteintes, ne reflétant plus que deux choses désormais.

Incompréhension.

Mort.

1

Vendredi 3 octobre – 16 h 00

Diane respire.

À fond.

L'impression que cet air pur, froid et sec va embraser ses poumons, comme une allumette sur un fétu de paille séché au soleil.

Elle prend quelques instants pour admirer. Silence irréel, grandiose ; espace immense qui semble infini ; couleurs flamboyantes qui ensanglantent la forêt cévenole.

Elle sourit, ferme les yeux. Elle sera bien, ici, pendant quelques jours. Même si elle est venue pour travailler, ça ressemblera à des vacances. L'avantage d'avoir un boulot passionnant ! Une chance que beaucoup n'ont pas.

Mais Diane n'a pas eu que de la chance, ces derniers temps.

Elle attrape ses bagages dans le coffre de la voiture, se dirige vers le gîte…

*
* *

Rémy ne respire plus.

Ça pue tellement qu'il préfère éviter.

Il remonte la braguette de son jean, quitte à la va-vite la ruelle coupe-gorge.

Même pas cinquante centimes pour taper l'incruste dans les chiottes de la gare. Dommage. Là-bas, lavabos, savon, PQ ; là-bas, ça empeste bon l'eau de Javel… Mais aujourd'hui, plus une seule pièce dans la poche de son froc.

Il marche d'un pas rapide vers le carrefour le plus proche, son vieux sac à dos sur l'épaule.

Faire la manche ou… se jeter sous les roues d'une bagnole.

Deux options, il n'en voit pas une troisième.

À quoi bon continuer ?

Question récurrente. Surtout lorsqu'il faut tendre la main. Rémy déteste ça par-dessus tout. Quel autre choix, pourtant ?

Il s'arrête près d'un feu tricolore – son feu – sort la petite pancarte en carton griffonnée à la main. *Un travail ou quelques euros pour ne pas mourir de faim, SVP, merci.*

Pour ne pas mourir tout court, devrait-il ajouter en post-scriptum. Tellement de choses qu'il aimerait écrire sur cette pancarte ; un véritable roman. Son histoire, simplement.

Mais qui prendrait la peine de la lire ?

Un sourire, un regard ou un bonjour, pour ne pas mourir d'indifférence, SVP, merci.

Voilà ce qu'il devrait marquer sur ce pitoyable morceau de carton.

Un camion de livraison approche, Rémy hésite.

Tendre la main ou… ?

Diane s'est installée dans son petit meublé, a méticuleusement rangé ses affaires dans le placard, la commode... En une heure à peine, tout a trouvé sa place, comme si elle habitait là depuis des années. Elle a même envahi les étagères ! Pourtant, elle n'est ici que pour une semaine, tout au plus. Mais elle aime se sentir chez elle lorsqu'elle n'y est pas. Ça la rassure, sans doute. Elle emporte toujours quelques bibelots, quelques livres déjà lus dans ses déplacements ; histoire de pouvoir poser les yeux sur des choses familières.

Elle aimerait bien amener son mari et son chien, aussi.

Sauf qu'elle n'a ni l'un ni l'autre.

Son chien est mort, son mec l'a plaquée. Il y a des séries noires comme ça.

Elle nettoie consciencieusement l'optique de son Nikon, insère une carte mémoire vierge. L'équipement, c'est primordial.

Dès demain, elle sera sur le terrain. Ne pas perdre une minute.

Après tout, c'est pour ça qu'on la paie.

Finalement, il a tendu la main. Comme on tendrait la joue. L'air penaud, mortifié.

Pourtant, il n'est pas coupable. Pas vraiment.

Un peu, quand même...

Rémy passe devant l'asile. Ainsi qu'il nomme le foyer. Pas le foyer du marin, non.

Pas le foyer où se consument lentement les bûches et où dégringolera le Père Noël. Longtemps qu'il n'y croit plus !

Pas le foyer où on aime à rentrer le soir, après une dure journée de labeur.

Non ; le foyer, celui qui héberge les gens tels que lui lorsque l'hiver pointe son nez. Qui a ouvert plus tôt cette année en raison de la venue précoce du froid.

L'été, ça ne révolte pas grand monde que les SDF dorment sur le trottoir. Mais quand les températures chutent, on déclenche les plans d'urgence à la hâte. Parce qu'un type – ou une nana – surgelé sur le pavé, ça la fout mal. Ça donne mauvaise conscience à ceux qui vont honnêtement gagner leur vie.

Gagner sa vie… Quelle curieuse expression ! songe Rémy.

Gagner de quoi s'offrir l'écran plasma dernier cri pour s'avachir le soir venu sur leur canapé pleine peau et recevoir leur intraveineuse de pub.

De quoi s'acheter un 4×4 ou une berline à crédit qu'ils exhiberont fièrement le week-end.

De quoi équiper chaque membre de la tribu du portable qui fait appareil photo, baladeur, caméscope, connexion internet, télévision. Et, accessoirement, sert à téléphoner.

Bref, de quoi s'endetter pour tout ce dont ils n'ont pas besoin, mais dont on les assure qu'ils ne peuvent se passer pour mener une vie normale.

Normale… La vie de Rémy l'était aussi.

Avant.

Lorsqu'il partait chaque matin gagner sa vie…

Il hésite, toujours à la porte de l'asile. J'entre ou pas ?

Des relents de soupe populaire lui chatouillent les narines.

Un lit au milieu de dix autres lits.

Un clodo au milieu de dizaines d'autres clodos.

Ses cauchemars parmi des centaines d'autres cauchemars.

Des mecs agressifs ou apathiques, avinés ou pas ; rongés par le froid, la misère, la maladie. Cassés, brisés. Déformés, réformés.

De toute façon, c'est ça ou pioncer chez Ali.

Il danse d'un pied sur l'autre.

Finalement, il opte pour un compromis : une douche à l'asile et une nuit chez Ali.

Après ses ablutions, il reprend donc sa route alors qu'une chape sombre s'est refermée sur la capitale.

Dans sa poche, les pièces glanées durant l'après-midi. Pas très généreux, les gens, aujourd'hui. Six euros dans son jean. Lamentable butin !

Mendier plus pour gagner plus, lui conseilleraient certains…

*

*   *

Dans l'étroite salle de bains, Diane se mire une dernière fois puis remet en place sa frange capricieuse. Cheveux châtain clair, longs et fins. Un peu maladifs.

Elle se colle à la glace ; petites rides au coin de ses yeux bleus qui l'interpellent. Déjà ? À peine trente et un ans, pourtant.

Pas grave. Elle ne s'est jamais trouvée belle, de toute façon. Ni laide, d'ailleurs. Plutôt quelconque. Une ride ou deux n'y changeront rien.

Et puis, plaire à qui ? Maintenant qu'il est parti, elle ne voit plus l'intérêt d'être jolie ou même coquette. Le strict minimum.

Maintenant qu'il l'a abandonnée, elle ne pense plus qu'à son boulot, son refuge, sa raison de vivre.

Sa façon d'affronter le vide. Voire le désespoir.

Elle éteint la lumière, quitte l'appartement.

*
* *

Rémy s'arrête encore. Son reflet dans une vitrine. Effrayant.

Cheveux bruns en bataille, joues creuses, cernes sous les yeux, lèvres gercées et fendillées, teint blafard.

Il se console comme il peut : carrure imposante, silhouette bien proportionnée.

On dirait que j'ai soixante piges ! Alors que j'ai eu trente-six ans le mois dernier…

Trente-six, dont quatre passés sur le pavé.

Effrayant, oui.

La rue, pire que les années…

*
* *

L'endroit est chaleureux, accueillant. Pourtant, Diane s'y trouve un peu mal à l'aise. Auberge immense, authentique ; poutres apparentes, murs bruts, bouquets de fleurs séchées. Flammes dans la grande cheminée.

Trophées.

Un cerf, juste en face d'elle, la fixe depuis l'au-delà.

Un cerf, ou plutôt ce qu'il en reste ; la tête et les bois. Le massacre est le terme exact.

De l'autre côté, un chevreuil ayant subi le même sort funeste. Et sur la cheminée, un renard qui montre les dents. Ça casse un peu l'ambiance à son goût. Mais c'est la coutume dans ce genre d'endroit… Ça ne l'offusque pas, elle n'est pas opposée à la chasse. Pas plus atroce que l'élevage industriel ! Mais elle préfère quand même se concentrer sur la carte que le patron vient de lui apporter. Beaucoup plus appétissante que ces cadavres empaillés.

Elle meurt de faim. Ça tombe bien : spécialités cévenoles, nourriture qui tient au corps. Il lui faut des forces pour le lendemain mais elle a eu la flemme de cuisiner ce soir. Trop fatiguée par les heures de route. Ça passera en note de frais, pourquoi s'en priver ?

Pour le moment, elle est seule dans l'établissement. Il faut dire que ce n'est pas la saison touristique dans ce trou perdu ! Encore une chance qu'elle ait pu trouver un restaurant ouvert.

Pourtant, alors qu'elle hésite, salivant sur les menus du terroir élégamment présentés, la porte s'ouvre ; un groupe fracture le silence monacal. Ils sont à peine trois mais Diane a l'impression que c'est un régiment entier qui vient d'entrer !

Ils s'installent au comptoir, saluent chaleureusement le patron ; des amis, sûrement. Des mecs du coin, des habitués.

Ils parlent fort, la zyeutent à la dérobée. Surpris, sans doute, de sa présence en ces lieux.

Que vient-elle faire ici ?

*
* *

Rémy arrive à destination.

Chez Ali.

Non, ce n'est pas un hôtel de bonne facture ou une douillette pension de famille. Seulement le porche d'entrée d'un immeuble, juste avant la cour intérieure, avec une sorte de minuscule local servant à entreposer tout et n'importe quoi ; un réduit que Rémy appelle sa piaule. Un endroit clos, un endroit sûr. Et le concierge ferme les yeux du moment que Rémy lève le camp à l'aube.

Le concierge, c'est Ali.

Qui, parfois, lui apporte un café chaud ou quelque chose à manger. Parce que Ali, il a connu la rue, lui aussi. Et ne l'a jamais oublié.

Comment oublier un naufrage… ?

Il est encore trop tôt pour s'installer dans son duvet crasseux ; Rémy fouille son sac à la recherche du sandwich acheté à la supérette du coin. Un de ces trucs triangulaires, qui pue l'industriel à plein nez, ressemble à tout sauf à de la bouffe. Mais comestible, quand on a faim et froid.

Il s'assoit à même le trottoir, dans un petit renfoncement, contre la devanture d'une épicerie fine dont il dévaliserait volontiers les rayons. Il peine à se souvenir du goût du foie gras, celui du saumon fumé ou de la confiture d'oranges amères. Le nectar d'un bon vin, les parfums d'un excellent whisky.

Il fixe avec abattement son pain de mie, encore prisonnier de l'emballage plastique ; préfère finalement regarder ailleurs.

Il remarque alors une imposante voiture noire, garée devant l'entrée de l'immeuble d'Ali. Une Mercedes 4×4 qu'il a l'impression d'avoir déjà aperçue aujourd'hui ou la veille. Mais la capitale grouille de bagnoles de luxe, alors… Le conducteur est adossé à sa caisse, portable greffé à l'oreille. Encore heureux, il ne déballe pas sa vie privée en gueulant, comme le font certains. Rémy se demande parfois s'ils ont à ce point-là besoin d'être écoutés, entendus. Ou s'ils occultent superbement le monde qui les entoure.

Exhibitionnistes ou autistes… ?

Si ce type est un des habitants de la copropriété, il va me faire chier… Mieux vaut attendre qu'il se barre.

Rémy attaque donc son jambon beurre, les yeux dans le caniveau, en imaginant qu'il se délecte de mets savoureux. Mais son imagination a des limites…

C'est alors que deux hommes s'approchent du propriétaire de la berline. Ils tournent autour du pot, l'air de rien. D'instinct, Rémy comprend qu'ils ne flânent pas là par hasard ; mais le mec à la Mercedes, lui, reste sourd au danger qui le guette.

Brusquement, les deux lascars se jettent sur lui. Le portable vole dans les airs, atterrit sur le pavé, explose en morceaux ; le bourge résiste, la scène devient violente. Les agresseurs essaient visiblement de tirer le 4×4.

Rémy reste tétanisé un instant, son sandwich à la main, un peu hébété.

Ça se passe à quelques mètres de lui. Deux contre un…

Soudain, sans savoir ce qui lui passe par la tête, il lâche son précieux dîner et s'élance.

Deux contre deux, désormais.

*
* *

Diane n'a plus faim.

Il faut dire qu'elle s'est offert un dîner gargantuesque !

Au comptoir, ils ne se sont pas privés non plus, grignotant quelques amuse-gueules, mais descendant surtout allégrement un impressionnant nombre de verres.

Ils sont de plus en plus bruyants. Le verbe est haut, les conversations volent bas, les rires sont gras. Normal, elle n'est pas dans un salon de thé des Champs.

Dommage qu'ils soient venus là ce soir. Diane apprécie le calme, ce boucan la dérange. Elle voudrait demander l'addition, n'ose cependant pas importuner le patron qui discute et boit avec eux. Alors, elle s'allume une clope. Elle fume rarement, mais goûte une cigarette après un bon repas.

Brusquement, les conversations dévient sur un sujet plus grave… Ils évoquent un meurtre.

Le meurtre.

Le drame.

Diane tend l'oreille, presque malgré elle. Apparemment, une jeune fille retrouvée étranglée dans la région, en pleine forêt…

La *petite* Julie.

Assassinat non résolu par les gendarmes.

Le ton monte encore. Les esprits s'échauffent, l'alcool aidant.

Si on le chope le fils de pute qui a fait ça, on le pend au bout d'une corde !

Ouais, faudrait rétablir la peine de mort pour les salauds comme lui !

Si ça se trouve, c'est un gars du coin !

Tu rigoles ! C'est un étranger…

Finalement, Diane se lève, décidée à aller régler son dû. Les voix se calment, elle se sent dévisagée.

Déshabillée.

— Excusez-moi de vous interrompre… Puis-je avoir l'addition, s'il vous plaît ?

— Bien sûr, madame !

Avant, on lui servait du *mademoiselle*. Mais depuis peu, c'est le plus souvent *madame*… Les fameuses rides, pourtant microscopiques ? Ou son air mélancolique, peut-être… N'empêche qu'elle le remarque. Et que, quelque part, ça lui inflige une petite douleur. Le temps qui passe. Qui passe si souvent pour rien.

Ce temps perdu.

Car sans lui, le temps est perdu, gâché. S'il était là, elle serait radieuse ; on lui dirait encore *mademoiselle*…

Tandis que le patron rédige la note, un des types fixe Diane. Il se présente, apparemment fier d'être le pharmacien du village voisin. Il s'appelle Roland Margon, elle n'est pas spécialement enchantée.

— Vous êtes en vacances ? interroge-t-il.

— Non, je suis là pour des raisons professionnelles.

— Vous faites quoi, si c'est pas indiscret ?

— Je suis photographe, je viens réaliser un reportage sur votre magnifique région.

Ils espèrent des détails. Les inconnus sont si rares, en cette saison ! Ils finissent les présentations, Diane accepte de boire un petit digestif offert par l'aubergiste en leur compagnie.

— Faites attention si vous partez seule dans les collines, conseille un des autochtones. L'endroit est pas trop sûr ces derniers temps.

Diane lui adresse un sourire crispé. Celui-là se nomme Séverin Granet et il est accompagné par son jeune fils, âgé d'une vingtaine d'années, qui la mate sans vergogne.

— Ne vous en faites pas, je serai extrêmement prudente, réplique-t-elle avec assurance.

*
* *

— Une cigarette ?

Rémy accepte. Il n'a guère l'occasion de s'en griller une depuis que les prix ont flambé. Avant, les gens lui filaient des clopes ; maintenant, ils se les gardent.

Dire que dans quelques mois, on ne pourra plus fumer dans les restaurants ni même les bars ! Il a entendu ça à la télé, un soir au foyer. Il n'en croyait pas ses oreilles ! Lui, ça ne le dérange pas plus que ça, vu qu'il n'a pas les moyens de s'offrir un resto. Mais n'empêche que... Un jour prochain, on ne pourra plus aller pisser sans demander la permission à la maîtresse ? Et il y aura un flic dans les chiottes pour vérifier qu'on s'est bien lavé les mains ?

Tout en humant sa clope comme s'il s'agissait du meilleur havane, Rémy s'interroge sur les fondements de cette politique liberticide. Un moyen comme un autre pour les dirigeants de laisser croire qu'ils se soucient de la santé du bon peuple... ? La cigarette, aussi fine soit-elle, devient l'arbre qui cache la forêt. Un exploit ! Occultant ainsi toutes les autres causes de cancer, invisibles, indicibles.

Économiquement incorrectes.

Mais pour le moment, Rémy peut cloper à son aise. Le mec à la Mercedes lui tend même un briquet. En or ou plaqué. Aussi tape-à-l'œil que la caisse. Il doit approcher de la cinquantaine, plutôt BCBG décontracté, élégance naturelle ; jean, pull irlandais, écharpe en laine et gants en cuir qu'il a tout de même quittés pour dîner. Assez grand, baraqué, tempes grisonnantes et regard direct. Très direct.

Deux scalpels noirs qui vous autopsient de votre vivant.

Rémy décide de le surnommer le Lord, ça lui siéra à merveille !

Il savoure sa Dunhill, une main posée sur son estomac qui n'a pas été aussi plein depuis des lustres. Le Lord lui a payé un gueuleton dans un petit troquet pour le remercier d'avoir volé à son secours. Certes, Rémy aurait préféré un biffeton de cinq cents, mais il n'a pas fait la fine bouche.

Tandis qu'il s'empiffrait d'un bon steak frites salade, l'autre l'a assommé d'un milliard de questions ; Inquisition version distinguée et magnanime.

Comment vous en êtes arrivé là ? Vous avez de la famille ? Des amis qui peuvent vous aider ?

Rémy a répondu de façon assez évasive. Pas ses oignons…

Un plateau de fromages après le steak, le tout arrosé de vin. En pichet, mais bon quand même.

Délicieusement bon… Dessert et café, la totale.

Ça valait le coup de risquer sa peau, même s'il a eu des calories à la place des euros en guise de récompense. Mais la soirée n'est pas terminée…

— Comment puis-je vous remercier ? s'enquiert encore Milord.

Bingo ! Cependant, Rémy, grand seigneur calculateur, lance :

— Ça ira ! C'est naturel d'aider son prochain, non ?

— Vous avez raison, mais j'y tiens. Il me vient une idée…

— Ah oui ?

Ton idée, elle ressemblerait pas à un rectangle en papier, si possible mauve, marqué du chiffre 500 ?!

— Ça vous dirait de travailler ?

— Travailler ? s'étrangle Rémy.

— Je m'apprête justement à recruter quelqu'un…

— Vous êtes patron ?

— Non ! Mon jardinier m'a quitté, je lui cherche un remplaçant.

Rémy se retient d'éclater de rire. Il m'a bien regardé, le bourge ? Moi, jardinier ? Et pourquoi pas nurse anglaise ?!

— Euh… C'est que…

— Réfléchissez ! Vous seriez logé, nourri et vous auriez un salaire chaque mois…

Rémy ravale son sourire.

— Votre jardin est si grand que ça ?

— Je possède un château.

— À Paname ?!

— Non ! À deux cents kilomètres d'ici. Ça me ferait sincèrement plaisir de pouvoir vous aider… Les gens tels que vous sont si rares de nos jours ! Pourquoi ne pas essayer ? Je vous propose mille deux cents euros par mois…

Les yeux de Rémy s'agrandissent.

— Et si ça ne vous plaît pas, vous pouvez toujours changer d'avis, ajoute le Lord… Il y aura une période d'essai !

Rémy fixe son convive, sans prononcer mot. Mais dans sa tête, un curieux cocktail se mélange…

L'étonnement, d'abord.

Quelqu'un qui s'intéresse à moi ? Qui veut m'aider, vraiment, et non me faire l'aumône ?

L'émotion, ensuite.

Quelqu'un qui me donne sa confiance en m'invitant chez lui, dans sa propre maison, pardon, son propre château ? Qui veut m'offrir un travail, un vrai travail…

Me filer un salaire, un vrai salaire ? Et pas un billet de dix parce que j'ai déchargé les caisses de son camion...

Le doute, l'angoisse, juste après.

Travailler. Respecter des horaires, un emploi du temps, des consignes.

En serai-je encore capable, après ces années d'errance ?

En face, le Lord sourit. Comme s'il pouvait lire à livre ouvert dans le cerveau de Rémy.

Il y a si longtemps que quelqu'un ne lui a pas souri ainsi. Sans raillerie, préjugés ou condescendance.

— Alors Rémy, qu'en dites-vous ?

*
* *

Diane se glisse dans les draps un peu froids.

Elle ne s'est pas attardée à l'auberge. Juste le temps d'avaler un petit verre d'une liqueur cévenole à détartrer les canalisations.

Juste le temps d'échanger quelques mots avec ces types finalement pas si antipathiques que ça. Pas grand-chose de commun avec eux, mais connaître deux-trois personnes dans le coin, ça peut toujours servir. Elle a donné le change par pure politesse puis s'est excusée, prétextant une longue journée.

Elle consulte la carte IGN au 1/25 000. Elle a déjà choisi l'itinéraire qu'elle empruntera demain. Un endroit sauvage où elle devrait traverser des paysages grandioses... Elle prend quelques notes puis éteint la lampe de chevet.

Aussitôt, un visage apparaît devant ses yeux grands ouverts, déjouant l'obscurité.

Ses mains se crispent sur la couverture, des larmes réchauffent rapidement l'oreiller.

*
* *

Rémy a encore du mal à croire qu'il a accepté la proposition de cet inconnu. Le pinard lui aura fait tourner la tête, peut-être…

Il a envie de dormir. La route défile calmement devant ses yeux fatigués. C'est vrai que c'est vachement confortable les caisses de luxe.

Mille deux cents euros par mois. Logé, nourri. Dans un château.

Il est au chaud, il digère, tout en écoutant un concerto de Bach.

Ses paupières se ferment doucement. Il sourit.

Je verrai bien demain, inutile de me ronger les sangs ! Je vis en enfer depuis des années ; qu'est-ce qui pourrait m'arriver de pire ?

Calé dans le siège en cuir, il pense à sa fille. Elle doit aller à l'école primaire, maintenant. Au CM2.

Elle doit être jolie.

Aussi jolie que l'était sa mère.

Rapidement, il s'endort au rythme des soupapes et de Bach.

À des centaines de kilomètres de là, Diane s'endort à son tour.

2

Samedi 4 octobre. 6 h 30

Mon jardinier m'a quitté, je lui cherche un rem-plaçant... Ça me ferait sincèrement plaisir de pouvoir vous aider...

Comment j'ai pu être assez débile pour gober une énormité pareille ?!

Rémy flanque un coup de pied rageur dans un innocent carton qui traîne là. C'est sûr, le jardinier en question doit servir d'engrais aux rosiers ou de nour-riture aux carpes du bassin ! Et maintenant, ça va être mon tour ! Je vais y passer.

Ou plutôt, *on* va y passer.

Il considère avec empathie ses compagnons d'infortune, plus calmes ou résignés que lui.

Cette nuit, ils ont eu tout le loisir de faire connais-sance !

Il y a Sarhaan, le grand Black qui vient du Mali et squattait du côté de Sarcelles entre deux chantiers. Eyaz et son frangin Hamzat, sans papiers eux aussi ; des Tchétchènes qui faisaient escale en Belgique à des-tination de Paris et que leur passeur a offerts en pâture au Lord en échange d'un bon paquet de billets. Qui ne parlent que quelques mots de français, appris à la va-vite en prévision de leur installation dans le pays des Droits de l'homme...

Trois types consignés dans une bicoque accolée au château du Lord. Car Rémy a tout de même eu le temps d'admirer la magnifique bâtisse de son hôte distingué ! Lorsqu'ils sont arrivés, vers minuit, il a joui de quelques minutes d'extase en se disant qu'il allait vivre dans cet endroit irréel. Trop beau pour être vrai, trop beau pour un mec comme lui... Oui, quelques minutes d'extase, jusqu'à l'atterrissage brutal ; au moment où le bourge a sorti un flingue de nulle part, lui a collé sur la tempe et l'a enfermé à double tour dans cette sorte de remise où pourrissaient déjà les trois autres. Sarhaan est prisonnier depuis cinq jours, Eyaz et Hamzat depuis quarante-huit heures. Ils ont tout tenté pour s'échapper, en vain.

Le geôlier ne leur a rien révélé de ses desseins, infligé aucun supplice. Il les a juste séquestrés là, sous la menace du revolver, leur filant tout de même à boire et à manger dans sa grande clémence.

— Mais qu'est-ce qu'il nous veut, ce dingue ? répète Rémy pour la énième fois. On est tombés sur un malade, putain... J'aurais dû laisser ces types lui voler sa caisse et lui démolir la tronche ! J'aurais même dû les aider, tiens !

Sarhaan le fixe d'un air épuisé. Eyaz et son jeune frère se sont endormis.

— Comment ils peuvent pioncer, ces deux-là ?! aboie Rémy.

— La première nuit, ils ont fait comme toi, raconte posément Sarhaan. Ils ont tourné en rond, se sont cogné la tête contre les murs ! Maintenant, ils sont fatigués. Alors, ils se reposent.

Le grand sage a parlé, Rémy consent à s'asseoir près de lui et à se taire, enfin.

Depuis la petite fenêtre grillagée, ils ont la vue sur l'avant du château ; cinq magnifiques voitures sommeillent sur le gravier blanc. Rémy reconnaît une Bentley et une Maserati. Rien que ça ! Au moins ne va-t-il pas crever dans la misère ! Quoique, il ne peut pas encore savoir…

*
* *

Extraordinaire son et lumière. Sans artifices.

Seulement l'espoir d'un soleil généreux qui agite la forêt cévenole encore plongée dans le froid et l'humide.

Diane a déjà réalisé quelques clichés. Elle s'est levée à l'aube, ne voulant pas rater ce prodigieux spectacle. Après avoir dépassé un village fantomatique, elle a abandonné sa voiture au bord d'une piste puis entamé sa lente ascension, en tête à tête avec elle-même.

Décidément, cette région lui plaît. Elle ne la connaît pas encore, mais sent déjà naître une profonde attirance pour ces lieux restés sauvages, presque intacts, malgré les empreintes humaines dont certaines sont en train de s'incliner face à la puissance de la nature.

Elle chemine sur un large sentier, décidée à rejoindre avant midi un belvédère repéré sur sa carte et qui promet un panorama vertigineux.

Soudain, comme jaillie des entrailles de l'épaisse forêt, une silhouette apparaît au détour d'un virage. Un homme, seul. Grand, qui marche vite. Vu l'heure et la saison, elle ne s'attendait à croiser que des chevreuils ou des sangliers… Presque malgré elle, Diane ne peut s'empêcher de repenser aux paroles des types de l'auberge. Au tueur mystérieux qui rôde dans les parages. À la fille assassinée. À la jeune et belle Julie devenue la proie d'un monstre.

Son rythme cardiaque s'accélère. Elle continue à avancer, pourtant. Désarmée, pourtant.

L'homme est jeune ; cheveux longs, chapeau orné d'une plume de vautour fauve, vieilles nippes. Rien à dire, il fait très couleur locale ! S'insérant à merveille dans le paysage…

Ils se croisent, elle est frappée par la beauté et la finesse de ses traits.

Ils se dévisagent un bref instant, elle lance un timide bonjour auquel il répond d'un simple hochement du menton. Langage rudimentaire.

Il est loin, déjà. Diane respire mieux.

Elle s'arrête, se retourne ; lui aussi…

*
* *

7 h 30

Je dois être en train de roupiller. Je fais un cauchemar, je vais me réveiller. Sûr et certain…

Rémy regarde Sarhaan, puis les Tchétchènes. Ils ont l'air aussi ébahis que lui.

Eux non plus ne comprennent pas ce qui se passe. Ne savent pas quel sort les attend.

Ils sont tous les quatre dos au mur ; avec, en face, le canon d'un fusil de chasse tenu par une sorte de malabar. Celui-là même qui, la veille au soir, a tenté de piquer la Mercedes du Lord.

Tout s'explique ! Je me suis fait piéger comme un con…

Le Lord qui est là aussi, main sur la crosse de son fidèle revolver.

Il sourit.

Comme le squale sourit avant d'ouvrir sa gueule béante.

Comme la mort sourit avant de vous prendre.

— Je vais vous expliquer les règles du jeu, annonce-t-il calmement.

Même s'ils ne tiennent pas spécialement à entendre ces fameuses *règles du jeu*, ils n'ont guère le choix.

— Toi, le clodo, écoute bien ! continue le Lord. Parce que tu parles français et que tu devras expliquer aux autres ensuite. J'ai invité des amis à passer le week-end dans ma propriété… Et je leur ai promis un séjour inoubliable !

Dehors, devant le manoir, les fameux *invités* discutent. Trois mecs et une nana bizarrement fringués. Le petit personnel amène des chevaux sellés ; les chiens aboient, heureux d'être sortis de leur cage.

Rémy a déjà compris. Pourtant, il ne peut croire que tout cela soit réel.

Un équipage de chasse à courre, comme il a pu en voir à la télé ou au ciné dans sa vie d'avant. Sauf qu'ils sont moins nombreux. Sauf que…

— Mes amis et moi allons nous offrir une bonne partie de chasse aujourd'hui, poursuit le châtelain en fixant Rémy droit dans les yeux. À ton avis, quel gibier allons-nous traquer ?

Rémy avale sa salive avant de répondre, la gorge serrée. Ses amygdales ont dû enfler durant la nuit.

— Nous, articule-t-il enfin.

— Exact ! Bravo, je vois que tu comprends vite ! D'habitude, ils sont plus lents à la détente !

D'habitude ? Rémy serre les mâchoires. Ils sont tombés dans un repaire de psychopathes.

Le pire, c'est qu'il est monté de son plein gré dans la Mercedes. S'il pouvait se filer une raclée, il ne s'en priverait pas.

— Mes invités viennent de loin pour participer à ce jeu ! Du monde entier…

Le bourge s'approche et murmure :

— Et ils paient surtout très cher…

— Pourquoi vous faites ça ?!

— Je viens de te le dire ! Tu ne m'écoutes pas ou quoi ?… Pour le fric, bien entendu ! Avant, j'organisais des chasses aux fauves en Afrique, c'était bien… Mais j'ai trouvé quelque chose de plus lucratif… Car les clients veulent toujours plus. Plus d'adrénaline, de risques, de nouveauté…

On dirait qu'il fait un exposé, une sorte de cours magistral. Peut-être tente-t-il de justifier l'injustifiable ?

— Un gibier qu'ils n'ont jamais chassé… Un qu'ils n'ont pas le droit de tuer ! Ils sont prêts à payer un maximum pour ça !

Eyaz fronce les sourcils. Visiblement, il n'a pas compris grand-chose au laïus débité par le Lord. Hamzat, le géant du Caucase, sautille d'un pied sur l'autre. Quant à Sarhaan, il demeure figé telle une statue d'ébène. Imperturbable, en apparence.

— Vous êtes vraiment une pourriture ! grogne Rémy.

— Juste un homme d'affaires ! Certains clients considèrent même que je rends service à mon pays en le débarrassant de la vermine ou des métèques ! De tous ceux qui viennent l'envahir pour le vider de son sang...

Il fixe Eyaz.

— Et même des bougnouls, des terroristes...

Rémy écarquille les yeux. Quels *bougnouls* ? Ça lui permet de se remémorer un peu brutalement que les Tchétchènes sont musulmans... ça commence fort ; *jawohl mein Führer* !

Le Tchétchène ne répond pas mais affronte le regard de son geôlier sans sourciller. Le mot terroriste, il l'a fort bien compris. Sans doute parce que c'est le même qu'en anglais. Le bourge se tourne à nouveau vers Rémy.

— Ils pensent que je le débarrasse aussi des parasites dans ton genre, assène-t-il. Personnellement, je me fous de leurs convictions ou de leurs motivations, du moment qu'ils paient et restent discrets... Moi, je fais ça pour l'argent et le plaisir. Rien d'autre... Je joins l'utile à l'agréable, en somme !

Rémy s'est planté. Ce n'est pas *mein Führer*. Il n'agit même pas par idéologie. Non, c'est juste un jeu qui lui rapporte gros.

L'utile à l'agréable...

Simple distraction grassement rémunérée.

— Au cas où vous auriez un doute, je précise que cette journée se terminera mal... pour vous, bien sûr !

Oui, c'est bien un cauchemar. Un film d'horreur. Comment Rémy aurait-il pu imaginer que cela existait ? Dans son propre pays.

Honte soudaine vis-à-vis des trois étrangers à ses côtés.

— Tu vas finir en taule ! lance-t-il en désespoir de cause.

Il se trouve pitoyable.

— Vraiment ? ricane son ennemi. Contrairement à toi, je ne suis pas un idiot ! Pourquoi crois-tu que je t'ai posé toutes ces questions hier soir, tandis que tu t'empiffrais ? As-tu vraiment pensé que je compatissais à ton triste sort ?! Pas de famille, pas d'amis, personne pour se soucier de ton avenir ! Quant à ces trois-là, ils n'ont même pas d'existence légale…

Le sourire du Lord change ; devient plus cynique encore.

— Tu dois t'en vouloir, non ? D'être venu à mon secours, je veux dire !… C'était juste un test, pour voir ce que tu avais dans le ventre. J'ai pas été déçu !

— Et si je n'avais pas bougé ?

Le bourge hausse les épaules.

— J'avais repéré un autre clodo… Tu n'étais pas le seul postulant !

Rémy a envie de le pulvériser. Mais l'œil noir de la carabine lui ôte ses velléités vengeresses.

— Bon, assez parlé ! Les chevaux et les chiens s'impatientent, on dirait…

Il recule d'un pas.

— Je vois que notre ami a une montre, ajoute-t-il en regardant le poignet de Sarhaan. Ça tombe bien ! Je vous laisse une demi-heure d'avance.

Il a balancé ça d'un ton cinglant. Cruel.

Toujours avec le sourire.

Les quatre prisonniers ne bronchent pas ; le molosse leur ordonne de sortir. Ils hésitent.

— Vous préférez mourir tout de suite ? menace le châtelain en armant son flingue.

Enfin, ils mettent le nez dehors, marchent en direction des *invités* qui les reluquent sous toutes les coutures. Ils sont l'attraction du jour… Des bêtes de foire.

Deux types s'approchent, tenant six chiens au bout d'une longe. Les clébards se précipitent vers eux, commencent à leur renifler les mollets.

— Allez ! enjoint le Lord. Maintenant, vous pouvez y aller !

Personne ne bouge.

Aller où ? Et pourquoi ?

Quelle est donc cette mascarade ? C'est forcément une farce, une plaisanterie de mauvais goût qui cessera lorsque les invités se seront bien marrés.

Pas possible autrement !

— Vous êtes sourds ? Une demi-heure, pas une minute de plus. Ensuite, on se met en selle… Ou plutôt, en chasse ! Alors à votre place, je ne traînerais pas…

*
* *

Diane reprend son souffle. Elle vient de dévaler une pente abrupte, s'accrochant aux buissons, aux branches basses, aux racines.

Elle ne le voit plus, comme s'il s'était évaporé dans le soleil levant.

— Et merde ! murmure-t-elle.

Il lui a échappé.

Un magnifique chevreuil dont elle aurait volontiers tiré le portrait !

Elle renonce, décide de continuer sa randonnée. Mais elle est sortie des sentiers balisés pour poursuivre son gibier, il lui faut donc retrouver le droit chemin.

C'est à ce moment qu'elle distingue une sorte de ruine, un peu en contrebas, au milieu d'une petite trouée dans la futaie.

Joli cliché en perspective.

Elle se dirige vers la vieille baraque au toit de lauzes, déviant encore un peu plus de son itinéraire.

Arrivée au dos de la bâtisse à moitié délabrée, elle constate qu'elle n'est pas si abandonnée qu'elle peut en avoir l'air. Quelques tee-shirts sèchent sur une corde de fortune ; un mince filet de fumée s'échappe de la cheminée. Elle va pour contourner la maison, aperçoit alors un type de l'autre côté, à quelques dizaines de mètres ; le marginal au chapeau et plume de vautour, en train de ramasser du petit bois à l'orée de la forêt.

Comment peut-on habiter ici ? s'étonne Diane en restant planquée derrière la bergerie. Je ferais mieux de me casser vite fait... Avant que l'autre timbré ne remarque ma présence !

Soudain, des voix masculines émergent des bois. Diane se penche légèrement ; au travers du rideau végétal, elle entrevoit des types en treillis, fusil sur l'épaule.

Décidément, les lieux sont très fréquentés. Trop fréquentés... Elle qui cherchait calme et solitude, la voilà servie ! Des chasseurs, en plus.

Elle continue d'observer discrètement la faune locale. Grâce au puissant zoom

de son appareil photo, elle reconnaît les types rencontrés la veille à l'auberge ; Séverin Granet et son fils Gilles ; Roland Margon, le pharmacien du bourg le plus proche. Ainsi que Hugues, le patron de l'auberge... Elle ne voit qu'eux, depuis qu'elle a débarqué ici ! Ce matin encore, tandis qu'elle rejoignait sa voiture, elle les a aperçus dans le bistrot, au comptoir, en train d'écluser leurs premiers ballons...

Pourra-t-elle faire un pas sans tomber sur eux ?

*
* *

Rémy n'a pas couru aussi vite depuis des lustres. Les trois autres sont devant, beaucoup plus rapides que lui.

Il s'arrête, s'appuie à un tronc d'arbre. Il va finir par cracher ses poumons en petits copeaux.

— Eh ! Attendez-moi, bordel !

À sa grande surprise, ses compagnons font demi-tour.

— Allez ! lui enjoint Sarhaan. Faut pas traîner !

— J'en peux plus ! J'vais canner…

Eyaz profite de la pause pour demander ce qui se passe. Rémy a juste eu le temps de lui faire comprendre qu'il fallait courir. Courir sans s'arrêter.

Sarhaan se charge d'expliquer aux frangins, dans un anglais rudimentaire mais efficace, qu'ils sont le plat du jour d'une bande de cannibales.

De leur expliquer qu'ils sont devenus des proies. Et qu'ils vont crever s'ils ne courent pas.

— Faut trouver la sortie ! lance Rémy au milieu d'une quinte de toux. Faut surtout pas tourner en rond, faut trouver la sortie de cette putain de propriété !

Sarhaan consulte sa Rolex contrefaite.

— Plus que dix minutes et ils se mettent à notre recherche !

— S'ils ont tenu parole ! souligne Rémy. Qui te dit qu'ils ne sont pas déjà après nous, ces salopards ?

*
* *

Les quatre chasseurs encerclent le jeune homme, le dévisageant avec des airs de prédateurs affamés ; ce gars dont on ne sait presque rien, surgi de nulle part et venu s'installer dans le coin il y a un peu plus d'un an. Qui vit reclus dans cette vieille ferme en ruine, avec ses chèvres et ses abeilles. Qui ne parle quasiment à personne, descend rarement au village, ne va jamais chez le coiffeur ; mais que les filles zyeutent malgré tout avec une insupportable douceur dans les yeux.

Trop beau pour être honnête.

Trop discret pour être normal.

Bref, cet étranger bizarrement accoutré qui n'est même pas français si ça se trouve. D'accord, il se prénomme soi-disant Sylvain, patronyme parfait pour un habitant de la forêt ! Mais qui sait si c'est son vrai prénom ?

Un criminel en fuite ? Un échappé de l'asile ?

Certains prétendent qu'il ne sait ni lire ni écrire, qu'il est simple d'esprit.

Dans le village, on l'appelle l'ermite.

On l'aime d'autant moins que tout le monde connaît son aversion pour les chasseurs, ô sacrilège ! Même Katia, la chienne de Roland, un magnifique setter anglais, observe l'intrus avec défiance.

Les compères en treillis profitent du moment ; il est seul, ils sont quatre. Personne d'autre dans les parages. Pourquoi ne pas commencer la journée par un petit défoulement sympa ?

— Qu'est-ce que vous me voulez ? finit par s'inquiéter l'ermite.

— Nous ? Mais rien ! ironise Margon. Pourquoi, on te dérange ?

— Ouais, on le dérange, renchérit l'aubergiste. Il aime pas les gens, il aime que les bêtes !

— Tu exagères, Hugues ! s'exclame Margon. T'es mauvaise langue !... Dis donc, l'ermite, va falloir que tu arrêtes de nous faire chier, O.K. ?

Subitement, le ton est devenu plus menaçant. Le jeune homme reste aphone.

— Je sais que c'est toi qui détruis nos affûts !

— Et nos tendelles sur le Causse ! ajoute Séverin Granet.

Le prévenu ne tente pas de nier. Ose même sourire.

Erreur.

Déclencheur.

Une simple petite pression sur le détonateur et...

Roland Margon le saisit par sa veste, l'aplatit contre l'arbre le plus proche. Il le dépasse d'une tête, mais le jeune marginal tente tout de même de lui faire lâcher prise. Jusqu'à ce que Séverin pointe son arme vers lui, ce qui le calme instantanément.

— Je sais que c'est toi ! vocifère le pharmacien en lui broyant la gorge. Alors la prochaine fois que tu fais ça, on revient et on te casse la gueule, c'est clair ?

— Lâchez-moi, sinon...

— Sinon quoi ? T'appelles ta grande sœur ?

Éclats de rire. Le pharmacien consent cependant à le libérer. Mais les autres veulent se distraire aussi. Gilles s'amuse à le bousculer, un peu fort. L'homme au chapeau trébuche, tombe.

Nouveaux ricanements au sein de la horde.

Il se relève, se précipite sur Gilles. Les autres l'attrapent au vol, le secouent ; il perd son fidèle couvre-chef et sa veste dans la bagarre. Décide alors d'abdiquer.

Inutile de prendre des risques. Ils ont déjà un verre dans le nez, sont armés : l'alcool et la bêtise ne font en général pas bon ménage.

Margon ramasse la veste en velours râpée.

— Eh ! Faut qu'on se cotise pour lui acheter des fringues, les gars ! C'est quoi, ce chiffon ?!

Les autres se marrent encore. De bon cœur. Finalement, c'est encore plus drôle que la chasse.

Le pharmacien continue à brandir la nippe de l'infortuné. C'est alors que quelque chose tombe de la poche. Une photo d'identité.

Margon la ramasse, s'arrête de rire.

— Putain, c'est pas vrai, murmure-t-il. C'est la photo de Julie...

Le silence, d'un seul coup, s'abat sur eux.

Juste le bruit du vent dans les hautes branches.

Le bruit de la haine, qui gronde comme une rivière souterraine.

Prête à jaillir.

Margon s'approche à nouveau du jeune homme.

— C'est toi, espèce d'enfoiré... C'est toi qui l'as tuée !

— Non ! dément Sylvain. Mais non !

— Alors pourquoi t'as cette photo dans ta poche ? interroge Séverin.

— Y a qu'une explication, tranche le pharmacien. Il a étranglé Julie et a volé cette photo dans son sac...

Espèce de salaud !

Fils de pute !

Sylvain est cloué au pilori. Déjà le cul sur la chaise électrique, la corde autour du cou, la ciguë au bord des lèvres.

— On va t'emmener chez les gendarmes, reprend Margon. Ils vont bien s'occuper de toi, tu verras !...

— C'est pas moi ! hurle l'ermite. Je l'ai pas tuée ! Elle était mon amie !

Autant parler à un mur. Alors Sylvain essaie de s'enfuir. Paniqué, il s'embronche dans une racine, s'affale de tout son long, rattrapé immédiatement par la meute.

— Si tu te sauves, c'est que t'es coupable ! affirme Margon.

— Comment t'as pu assassiner cette gamine ! renchérit l'aubergiste.

Ordure, fumier. Enculé. Les insultes pleuvent en même temps que les coups de pied, de crosse, sur le coupable encore à terre.

Un coup, plus fort que les autres. Porté au mauvais endroit.

Fatal.

Sylvain ne réagit plus.

Ses agresseurs restent paralysés un instant. Puis Roland Margon s'accroupit, prend le pouls de la victime ; il porte des gants, heureusement. Ne laissera aucune empreinte.

— Il est mort, annonce-t-il en se relevant.

— Hein ? gémit l'aubergiste. Tu déconnes, non ?

— Non. Il est crevé, ce salaud…

Séverin et son fils ne bougent plus. Ayant dessaoulé à la vitesse de la lumière.

Mieux que deux litres de café salé : un meurtre.

— Merde, mais qu'est-ce qu'on a fait ?! pleurniche soudain Gilles.

— Qu'est-ce que *tu* as fait, rectifie Roland d'un ton cinglant. Je te signale que c'est toi qui lui as filé ce coup dans la tronche ! Mais quel con !

— Eh ! s'insurge Séverin. On a tous frappé !

Encore un silence.

— C'est vrai, admet Margon. Restez calmes, on va arranger ça…

— De toute façon, marmonne Gilles, quand les gendarmes vont savoir que c'est un criminel, ils…

— Les gendarmes ne sauront jamais rien, coupe le pharmacien. T'es vraiment débile, ma parole !

— Mais…

— *Mais quoi ?* Criminel ou pas, on a buté un type ! Et si ça arrive aux oreilles des gendarmes, on va en taule. C'est clair, ça ?

— Alors, faut qu'on se tire ! ajoute Séverin.

— Non. D'abord, on se débarrasse du corps, indique Margon.

— Comment ? On l'enterre ? propose Gilles.

— Pourquoi, t'as une pelle dans ton sac ? crache Roland, excédé. Non ? Alors on va trouver autre chose ! On va le foutre dans le puits.

Séverin et l'aubergiste prennent le cadavre et le portent jusqu'à l'ancien puits. Margon enlève le couvercle, Gilles donne un coup de main pour balancer Sylvain dans le vide ; il s'écrase au fond dans un bruit sourd. Le réservoir est à sec depuis longtemps.

Margon jette la photo de Julie, la veste et le chapeau de l'ermite dans sa tombe, puis remet le couvercle en bois, avec une grosse lauze posée dessus.

— Voilà, personne le trouvera ici, conclut-il. Maintenant, on peut y aller. Prenez vos fusils, on se casse… Où est Katia ?… Katia, au pied !

Diane a le souffle coupé.

Ses mains tremblent. Tout son corps tremble.

Une scène effroyable dont les images, insupportables, se mélangent dans sa tête.

Grâce au zoom de son Nikon, elle a enduré les moindres détails. A même engrangé quelques clichés, par pur réflexe.

Ça s'est passé si vite. Ça lui a paru si long… Un interminable cauchemar.

Le jeune marginal est mort. Massacré par les chasseurs.

Par ces hommes avec qui elle a partagé un digestif la veille au soir.

Pourquoi ?

C'est toi, espèce d'enfoiré... C'est toi qui l'as tuée !

Les rares mots qu'elle a pu discerner, vu la distance.

Julie ?

Peu importe. Les seuls meurtriers ici, ce sont eux. Jusqu'à preuve du contraire.

Diane se ratatine contre le mur de la vieille ferme. Ne pas bouger maintenant. Attendre qu'ils s'en aillent puis appeler les gendarmes avec le portable.

Rien d'autre à faire...

Elle essaie de contrôler ses convulsions nerveuses.

C'est alors que le setter de Margon, répondant aux appels de son maître, surgit des bois sur la droite de la maison.

Apercevant Diane, la chienne s'arrête net.

Ce con de clébard va me faire repérer ! Dégage, merde !

Margon continue de siffler. Katia, sourde aux injonctions, s'approche de l'inconnue. Soudain, sans raison apparente, elle se met à aboyer.

Diane, terrorisée, prend la fuite.

Margon s'avance à son tour, contourne la baraque. Voyant alors la silhouette de la fuyarde, il se met à beugler.

— Putain, y a quelqu'un !

Séverin, sur ses talons, empoigne ses jumelles.

— C'est la photographe d'hier soir, on dirait...

3

Une existence banale, penchant plutôt vers le bonheur tranquille. Sans heurts, grosses difficultés ou angoisses particulières.

Rémy suivait un destin tout tracé, comme on descend le cours d'une rivière paisible, assis dans une barque. Un petit coup de rame, de temps à autre.

Mari comblé, papa gâteau de la petite Charlotte, ingénieur à la carrière prometteuse au sein d'une PME en plein essor. Un joli pavillon dans la banlieue de Lyon, presque à la campagne.

Quelques amis, une belle bagnole, un chien de race.

Chaque hiver, une semaine au ski dans les stations huppées ; chaque été, une semaine en Espagne au bord des plus belles plages.

Rien de spécial, rien d'extraordinaire.

Juste une impression de routine, sournoise, qui s'insinuait parfois dans son quotidien.

C'est lorsqu'il a tout perdu qu'il a pris conscience de la valeur de ce qu'il possédait.

Le jour où il a fait une énorme connerie.

La connerie de sa vie.

Le jour où il a couché avec la femme du patron.

Une seule fois ; un soir, après le boulot. Un petit cinq à sept, plutôt agréable il est vrai, qui aurait pu passer inaperçu.

Deux petites heures, c'est tout. Qui n'auraient dû être qu'un souvenir pour égayer ses vieux jours ou muscler son ego.

Mais ensuite, tout s'est enchaîné à une vitesse phénoménale.

Une spirale, un cyclone, un ouragan destructeur.

Séisme puissance dix sur l'échelle de Richter.

Un véritable cataclysme.

Si seulement il avait jugulé ses envies, ses hormones !

Si seulement cette conne n'avait pas tout avoué à son mari ! Soulageant ainsi sa conscience sans songer un instant aux conséquences dévastatrices de sa confession.

Le boss qui l'oblige à démissionner, sous peine de révéler l'infidélité à sa charmante épouse et qui, une fois la lettre signée, prend un malin plaisir à la prévenir quand même. Histoire d'achever celui qui a eu l'audace de l'abaisser au rang de cocu.

Le voilà sans travail, sans indemnités.

Le voilà avec sa valise sur le perron, puisque la maison appartient à ses beaux-parents.

Le voilà avec une procédure de divorce sur le dos.

Avec un compte chèques soigneusement vidé par sa femme, jusqu'au dernier centime.

Le pardon, connaît pas. Même après dix années de vie commune.

Même après la promesse, solennelle, sincère, désespérée, que jamais plus il ne recommencera.

La trahison efface tout, du jour au lendemain. Mais ce n'est pas elle qui a commis la faute. Comment la blâmer ?

Le voilà devenu SDF. C'est allé tellement vite qu'il n'a pas eu le temps de comprendre ce qui lui arrivait.

Le voilà à la rue.

Ses potes ? Aux abonnés absents, bien sûr.

Il monte vers la capitale où habite un ami d'enfance. Lui ne pourra pas le rejeter, l'ignorer. Il lui tendra forcément la main après ce qu'ils ont vécu ensemble, ce qu'ils ont partagé.

Mais les amis, les vrais, sont des perles rares. Rémy l'a appris à ses dépens.

Le dicton le dit bien, il faut être dans la merde pour les reconnaître à coup sûr. Là, aucun doute possible.

Je peux pas t'héberger, mon vieux... pas la place... juste te dépanner avec cent euros, si tu veux... Aussi, pourquoi t'as fait une chose pareille ? T'es vraiment con... Allez, tu vas t'en sortir...

Il reste sur Paris, persuadé qu'il pourra y commencer une nouvelle vie.

Si seulement il n'était pas brouillé à mort avec son paternel ! Pour un truc sans importance, en plus. Si seulement sa mère était encore là... Elle lui aurait pardonné, l'aurait aidé.

Mais il n'a plus personne.

Maman a succombé à un cancer ; papa refuse d'ouvrir sa porte. Fils unique, il ne peut se tourner vers un frère ou une sœur.

Plus personne, non.

Il cherche un boulot ; n'en trouve pas. Sauf des jobs à la sauvette qui lui permettent de ne pas crever de faim.

Le voilà dormant sur les bancs publics, dans les squares ; parfois même sur le pavé.

Il a mis un doigt dans l'engrenage, sera bientôt aspiré tout entier.

Broyé. Déchiqueté. Laminé.

Pas de domicile, pas de boulot.

Pas de boulot, pas de domicile.

Contraint et forcé, il appelle à la rescousse celle qui sera bientôt son ex-femme. Il fait amende honorable une fois encore, se transforme en serpillière humaine. *Je suis le père de ta fille, l'aurais-tu oublié ?...* Mais elle refuse de l'aider ou même de l'écouter. À croire qu'elle avait bien d'autres griefs à son encontre, bien d'autres choses à lui reprocher que sa petite incartade d'un soir.

À croire qu'elle n'attendait qu'un prétexte pour mettre un point final à leur relation.

Pourtant, il n'avait rien vu venir... Il tombe des nues. Dix ans passés à ses côtés et il ne la connaît pas. Ne la reconnaît pas.

Il découvre la soupe populaire, les Restos du Cœur auxquels il n'avait jamais daigné filer le moindre centime mais qui, sans rancune, lui donnent à bouffer.

Il découvre la déchéance, progressive, implacable. Qui le grignote, jour après jour.

Il découvre le regard des autres, féroce ou compatissant, posé sur lui, telle une insulte.

Insoutenable.

Il découvre l'indifférence de la foule, ces milliers de gens qui évitent seulement de le piétiner.

Ces gens dont il faisait partie, avant.

Il apprend la solitude au milieu des autres. La pire de toutes. La plus cruelle.

Il apprend à tendre la main, aux portières des bagnoles, aux passants dans le métro, aux voyageurs devant les gares. Il apprend combien ça fait mal.

Il apprend la belle étoile, le froid, la pluie, l'orage.

Pisser dans les caniveaux ou les jardinières. Ne pas se laver tous les jours, ne pas manger à tous les repas.

Terminé les vacances à Courchevel ou en Espagne.

Terminé les bons petits plats de sa fidèle épouse.

Terminé les histoires qu'il lisait le soir à Charlotte.

Au placard, costards, cravates et pompes de marque.

Oubliée la douceur du foyer où il s'ennuyait parfois.

Oublié Rémy.

Bien sûr, il essaie de revoir sa fille. Au fil des mois, le manque devient vraiment insupportable… En stop, il descend jusqu'à Lyon. Mais arrivé près de son ancienne maison, il se ravise, incapable de franchir les derniers mètres.

Paralysé à l'idée de montrer à Charlotte ce qu'il est devenu.

Peur de lui faire peur. Honte de lui. De cette épave qui lui ressemble vaguement.

Peur de revoir son ex, aussi. De découvrir qu'elle a déjà reconstruit sa vie, qu'il est remplacé par un autre, après seulement quelques mois d'absence.

Alors, il se persuade qu'il reviendra plus tard, lorsqu'il aura retrouvé apparence humaine. Lorsqu'il aura retrouvé son statut social, son rang.

Sa dignité.

Car forcément, il ne s'agit que d'une mauvaise passe, d'un accident de parcours.

Car, forcément, il va s'en sortir. Redevenir ce qu'il a été.

Rémy n'est jamais redescendu à Lyon.

Chaque matin, au réveil, une phrase revient. Coup de massue sur la tête.

Si seulement j'avais pas déconné !

Quand il y repense, il se planterait volontiers un couteau en plein cœur. Le tournerait dans la plaie, plusieurs fois.

Elle n'avait rien d'exceptionnel, cette nana ! C'est juste que ça l'excitait de se taper la femme du patron. Ça lui prouvait qu'il pouvait séduire. Ça mettait un peu de piment dans sa vie.

Un peu de piment ?

Ça a carrément mis le feu, oui ! Jusqu'à ce qu'il ne reste que des cendres.

Aller simple pour l'enfer.

C'est pour une partie de jambes en l'air qu'il est là, aujourd'hui.

La vie est barbare.

Sans pitié.

4

— Dire que j'ai chassé quand j'étais plus jeune ! enrage Rémy. Quel con ! Je promets de ne plus jamais recommencer, mon Dieu !

— Économise ton souffle ! conseille Sarhaan.

Ils ont cessé de courir. Ils marchent, vite, en dehors des sentiers, au cœur du sous-bois qui leur semble protecteur. Rémy progresse juste derrière le Malien, tandis que les Tchétchènes jouent les éclaireurs.

— Putain, je commence à croire qu'il n'y a pas de clôture à cette propriété !

— Y en a forcément une ! rétorque le Black. Sinon, ce serait trop facile pour nous !

— Comment on peut avoir un terrain aussi grand ?

— Quand on a du pognon.

— Quelle heure il est ?

— Huit heures et demie. Ça fait vingt minutes qu'ils nous poursuivent...

— Ils sont peut-être partis dans le mauvais sens !

— Espérons...

— J'arrive pas à croire qu'on soit tombés dans ce traquenard !

— Vaudrait mieux la fermer, maintenant...

— J'arrive pas à croire que ces malades s'amusent à organiser des chasses à l'homme pour occuper leurs week-ends !

— Vive la France ! ironise Sarhaan.

Eyaz et Hamzat demeurent muets, exclus de cette conversation à laquelle ils ne comprennent pas grand-chose. Quelques mots, de-ci de-là. Mais ils ont tout de même saisi la tragique situation. Le rôle qu'ils jouent dans ce mauvais film. Ils regrettent d'avoir quitté leur pays, même si là-bas, c'est pire que l'enfer. Ils auraient préféré mourir chez eux, parmi les leurs, plutôt qu'ici.

Soudain, Rémy s'immobilise.

— Vous entendez ? chuchote-t-il.

— Quoi ?

— Les clébards...

Ils observent un silence religieux.

— C'est loin, murmure Sarhaan.

— Mais ça se rapproche... !

Les Tchétchènes se remettent à cavaler, les autres leur emboîtent le pas.

Courir, toujours plus vite. Plus loin.

Fuir la mort qui plane au-dessus d'eux ; oiseau de proie aux ailes gigantesques dont l'ombre les dévore déjà.

Ce n'est qu'un jeu, pourtant.

*
* *

Le charognard tournoie dans le ciel, au-dessus de la forêt. Un vautour fauve, si majestueux en vol, si maladroit au sol... Quelques mètres en dessous de lui, quatre hommes en kaki marchent à toute allure.

— Faut la retrouver ! s'écrie Roland Margon en accélérant encore le pas.

— Et après ? demande Séverin. Qu'est-ce qu'on fera ?

Le pharmacien se retourne pour le toiser méchamment.

— Qu'est-ce que tu veux faire ? Je te signale qu'on vient de buter un type. Que *ton fils* vient de buter un type !

— Hé ! On est tous mouillés !

— Ouais, mais c'est Gilles qui a porté le coup mortel !

Le fiston reste muet ; il semble complètement anéanti.

— Et si la nana parle aux gendarmes, on se retrouve tous les quatre à l'ombre ! assène Roland.

— On voulait pas le tuer ! Et puis c'était un meurtrier, un salaud ! répond Séverin.

— Ça changera pas grand-chose, ajoute soudain le patron de l'auberge. Si elle nous dénonce, on va en prison. Et pour un bon moment...

Ils se taisent quelques instants, puis Margon reprend la parole, les rênes de ce drôle d'équipage.

— J'ai une femme, deux gosses. Je veux pas finir en taule. Alors il faut retrouver cette fille et la faire taire.

Encore un silence. Épais, meurtri. Coupable ou effrayé.

— Suffit peut-être de la menacer pour qu'elle ferme sa gueule ? hasarde soudain l'aubergiste.

— En tout cas, il faut lui mettre la main dessus, conclut Margon. Et c'est pas gagné !

*
* *

— J'en peux plus… J'vais crever…

Sarhaan le prend par le bras.

— Dépêche-toi… Faut pas rester là !

— J'vais crever, j'te dis !

— Si tu restes là, oui, tu vas crever !

— Tu m'emmerdes !

Rémy essaie de recouvrer un semblant de souffle. Ses trois compagnons aussi sont fatigués. Mais ils se montrent tout de même plus endurants que lui.

— Essaie de marcher, au moins…

Rémy se remet en route.

— Peut-être qu'ils veulent pas nous descendre… juste s'amuser, dit-il d'une voix cassée.

— T'as vu ses yeux, au type ? Tu crois vraiment qu'il plaisantait ? Tu penses qu'il va nous laisser rentrer chez nous après ça ? Nous, on peut pas aller chez les flics, mais toi, tu peux… Alors non, c'est pas un jeu.

Démonstration implacable qui brise les dernières chimères de Rémy. Même s'il a appris la cruauté humaine par la force, il ne peut se résoudre à accepter que ses semblables soient capables de ça.

D'une telle horreur.

Ses petits camarades, eux, paraissent moins abasourdis. Sans doute ont-ils vécu ou simplement vu des choses si dures qu'ils savent jusqu'où l'humain peut aller.

Jusqu'à quelles extrémités. Jusqu'à quelle sauvagerie.

Soudain, Eyaz se met à crier, à faire de grands gestes.

Le mur.

Enfin.

Ils se précipitent, lèvent la tête.

La muraille de Chine, plutôt.

— Merde ! On n'arrivera jamais à franchir ce truc ! peste Rémy.

Deux mètres cinquante de haut, une clôture métallique au-dessus.

— On peut passer ! assure Sarhaan.

— Oui, mais pas tous. Il y en a forcément un qui va rester là…

Trois qui passent, un qui reste.

Trois qui vivent, un qui meurt.

Ams tram gram…

Ils se dévisagent un instant, tandis qu'au loin les aboiements leur rappellent qu'ils n'ont ni le temps de tirer au sort, ni celui d'échanger des adieux déchirants.

— Bon, vous montez sur mes épaules, décide Sarhaan. Vous allez chercher du secours et moi, je vous attends… Je compte sur vous, hein ?

Rémy le considère avec admiration. Personne, jamais, ne s'est sacrifié pour lui. Un instant, il songe à prendre sa place. Un bref instant, seulement.

Le Malien se poste dos au rempart, adresse un signe à Hamzat qui n'hésite pas plus longtemps. La courte échelle, le voilà sur les épaules du grand Black. Il s'agrippe en haut du mur. Sarhaan a du mal à supporter le poids du jeune colosse tchétchène, mais il tient bon.

Stoïque.

— Allez ! encourage Rémy. Vas-y petit ! Passe par-dessus… Je reviendrai avec les poulets, Sarhaan, j'te jure !

Eyaz aussi pousse son frangin à accélérer le mouvement.

Hamzat se hisse tant bien que mal en s'accrochant à un piquet métallique. Et brusquement, le choc. Il pousse un cri, lâche prise, part en arrière.

S'écrase au sol dans un bruit effrayant.

Là, aux pieds de son frère aîné.

*
* *

Se planquer derrière un buisson, un rocher ? Ou courir le plus vite possible ?

Pour le moment, Diane a choisi la fuite. D'instinct.

Elle sait qu'ils sont derrière. Juste derrière. Avance minime, infime.

Comme son espérance de vie, désormais.

Elle sait qu'ils ratissent le terrain à sa recherche.

Pour la tuer.

D'une balle dans la tête ou pire. En la rouant de coups, comme le jeune homme dont le visage terrorisé et les cris de souffrance la harcèlent.

Elle s'est arrêtée quelques secondes pour consulter sa carte. Ses mains tremblent, sa vue se trouble. Son cœur menace d'imploser.

Elle sait à peu près où elle se trouve.

Rejoindre sa voiture, voilà ce qu'elle doit faire.

Avant de se remettre en marche, elle essaie à nouveau d'utiliser son portable ; pas de réseau, évidemment.

— Merde, merde, merde…

Elle a beau orienter le téléphone dans toutes les directions, il s'obstine à clignoter, inutile.

Déjà que ça ne passait pas au village, alors ici…

Au milieu de nulle part.

Elle repart.

Pour atteindre sa bagnole, elle va devoir revenir en arrière.

Le terrain est accidenté ; progresser en dehors des chemins s'avère souvent impossible. Trop périlleux. Si elle se casse une jambe, elle est condamnée.

À force de courir droit devant, de s'écorcher la peau sur les buissons épineux, de se tordre les chevilles, elle a fini par atterrir sur une nouvelle piste forestière. Si ses calculs sont exacts, les poursuivants sont plus en contrebas. Elle devrait donc les contourner par le haut.

À moins qu'elle ne tombe pile sur eux.

Une chance sur deux.

Une chance sur mille…

*
* *

9 h 30

Clôture électrifiée. Ils auraient dû s'en douter. Ces salauds ont tout prévu. C'était trop facile.

Rémy avance. Presque comme un automate. Un pied devant l'autre, le poids d'Hamzat qui s'appuie sur son épaule. Il s'est pété un genou en tombant ; son aîné, Sarhaan et Rémy se relaient pour le soutenir, l'aider. Lui qui ne se plaint même pas, se contente juste de grimacer chaque fois que son pied droit effleure la terre.

Rémy avance.

Avec le poids de la peur qui comprime son cœur.

Le poids de la fatigue, comme un boulet enchaîné à ses jambes.

Le poids du passé d'où germent remords et regrets.

Il marche avec la nette impression d'aller à reculons. De s'enfoncer dans la mélancolie. Dans le néant.

Je vais crever. Alors que je n'ai profité de rien. Alors que j'avais une vie de chien.

Je vais finir comme un chien.

Logique, après tout. Mourir comme il a vécu.

Il devrait être ailleurs, en ce moment même. En train de savourer un copieux petit déjeuner en compagnie de sa femme et de sa fille. Il arrive presque à sentir l'odeur des croissants, du café. Presque à entendre le rire de Charlotte, toujours de bonne humeur au saut du lit.

Mais non, il est là, errant dans ces bois inhospitaliers, avec ces inconnus qui fuient comme lui. Avec ce blessé qui pèse lourd, de plus en plus lourd.

Avec ces fumiers qui le traquent, tel un gibier.

Il est devenu une proie. Rien de plus.

Un amusement pour milliardaires pervers, assoiffés de sang.

Il réalise qu'il est là parce qu'il n'était déjà plus dans la vie.

Un déchet ramassé dans une poubelle.

Pas de famille, pas d'amis, personne pour se soucier de ton avenir.

Cette pourriture a raison. Si je disparais, personne ne s'en apercevra.

On peut me jeter dans une fosse commune, personne ne réclamera mon corps.

Je peux crever, tout le monde s'en balance.

Je ne suis rien. Plus rien depuis longtemps.

Un macchabée qui respire, parle et marche.

Je n'existe plus.

Déjà mort.

Alors, pourquoi ai-je aussi peur ?

5

D'habitude, les parties de chasse entre amis sont des moments privilégiés qu'ils ne manqueraient pour rien au monde. Roland Margon confie les clefs de son officine à son assistante, Hugues ferme son auberge, Séverin Granet et son fils abandonnent l'exploitation le temps d'une journée. Non, ils ne s'en priveraient pour rien au monde. Ces instants de complicité, de franche camaraderie.

Mais aujourd'hui, les visages sont fermés, durcis, anxieux. Les regards un peu désorientés, les âmes désarçonnées.

La peur, palpable.

Les paroles, plutôt rares.

Pourtant, Séverin fait brusquement entendre sa voix rauque à l'accent typique.

— J'espère que tu te trompes pas ! Si elle est partie dans l'autre sens, on est mal barrés…

— Elle va forcément essayer de rejoindre sa bagnole, assure Roland. C'est logique. C'est ce que je ferais à sa place, en tout cas !

— Et si elle arrive là-bas avant nous ?

— Elle ne connaît pas le coin, elle ne peut pas passer par le chemin principal de peur de tomber sur nous. On va arriver avant elle, c'est sûr. On se planque pas loin de sa caisse et y a plus qu'à attendre.

— Ouais, y a plus qu'à ! marmonne Hugues.

— La ferme ! ordonne Roland. C'est ça ou la taule, oublie pas.

— T'es sûr que c'est sa bagnole qu'on a vue en venant ? s'inquiète Gilles.

— Pourquoi ? T'en as repéré une autre ? Immatriculée 75, en plus ! Elle a bien dit qu'elle venait de Paris, non ?

Ils reprennent leur quête silencieuse dans une atmosphère étouffante malgré le petit vent froid qui enlace un peu brutalement les monts cévenols. Le soleil s'est voilé, l'orage frappera dans la journée, c'est certain.

Aucune chance de lui échapper.

— C'était peut-être pas lui après tout, murmure soudain Séverin.

L'aubergiste sursaute, rien qu'au son de la voix de son ami.

— Hein ? aboie Roland.

— C'est peut-être pas l'ermite qui a tué Julie, répète Granet.

— Évidemment que c'est ce taré qui l'a étranglée ! riposte le pharmacien. Qui veux-tu que ce soit ?!

— J'en sais rien… Putain, mais qu'est-ce qu'on a fait ?

— Moi, je voulais juste qu'on l'arrête, pas qu'on le tue ! s'emporte Roland. Si vous vous étiez pas excités comme ça aussi !

Gilles l'attrape soudain par l'épaule, l'obligeant à se retourner.

— T'as frappé comme nous autres, j'te rappelle !

— Je sais. On est tous dans la même galère. Alors, on va s'en sortir ensemble, O.K. ? Maintenant, tu enlèves ta main, et vite…

Gilles obtempère, baisse les yeux et les armes.

Il replonge dans ses pensées. Occupées par deux visages ; celui de Sylvain, mort sous les coups.

Et celui de Julie.

La merveilleuse Julie. La sublime Julie.

Qui affolait tous les hommes sur son passage.

Qui n'avait jamais daigné poser son regard de braise sur sa modeste personne. Jamais daigné lui offrir le moindre sourire. Lui, simple paysan, comme son paternel, dont le morne destin est de reprendre la tête de l'exploitation un jour prochain. D'ailleurs, il ne se sent guère capable d'autre chose, comme si cette terre rude mais nourricière ne lui laissait pas le choix.

Il lui appartient.

Il ne peut s'en déraciner, sous peine croit-il, de se flétrir comme une plante arrachée à son sol.

Oui, un jour, il sera propriétaire de tout cela. De quoi permettre à une famille de vivre aisément.

Tout cela, il l'aurait volontiers partagé avec Julie, enfant du pays, elle aussi. Fille d'agriculteur, elle aussi. Mais qui, contrairement à lui, nourrissait des envies d'évasion, voulait conquérir la capitale, le monde.

Julie…

Combien de fois a-t-il rêvé d'elle ? Combien de ses nuits a-t-elle peuplées ?

Combien de fois a-t-il suivi ses pas gracieux ?

Combien d'heures passées à l'attendre, là où il se doutait qu'elle allait se montrer ? Simplement pour apercevoir sa silhouette quelques secondes.

Tant d'images volées…

Il se souvient du jour où elle avait oublié son foulard bleu au bistrot du village. Avant de le lui rendre, il l'avait gardé pendant une semaine. Dans sa poche, dans son lit. Respirant son délicat parfum, sans lassitude aucune.

Et cette colère, lorsqu'il la voyait faire les yeux doux à un autre, lorsqu'il la croisait, s'affichant au bras d'un homme qui n'avait rien de plus que lui.

Rien de plus ? Sans doute que si. La colère, alors, n'en était que plus vive. La douleur, plus forte. L'humiliation, à son comble.

Il aurait donné n'importe quoi pour elle. Sauf qu'elle ne voulait rien de lui.

Parce qu'il n'existait pas, simplement. Exclu de son monde, de son horizon, de son champ visuel.

De sa vie.

Il aurait au moins aimé qu'elle le détestât. Au moins ça.

Mais non, elle ne le voyait pas.

Alors que lui ne voyait qu'elle. Ne pensait qu'à elle. N'espérait qu'elle.

Obsession assassine, destructrice, castratrice.

Gilles marche derrière son père. Mais devant lui, il n'y a que Julie. Partout, dans chaque rafale de vent, chaque bruissement de feuille. Son visage se dessine, dans les écorces des arbres, les caprices du ciel.

Alors qu'elle est morte.

Mais même prisonnière de l'au-delà, elle continue de le hanter.

Logique, pour un fantôme.

Il avait cru qu'une fois enterrée, elle cesserait de le blesser.

Il s'était trompé. C'est encore pire qu'avant.

Soudain, un cerf traverse à cinquante mètres devant le groupe ; la chienne se met à l'arrêt.

La magnifique bête hésite un instant, les regarde.

Comme un réflexe, une habitude tenace, ils ont envie de tirer. De tuer.

L'animal s'enfuit à la vitesse de la lumière.

Aujourd'hui, il a de la chance.

Aujourd'hui, ce n'est pas lui le gibier.

*
* *

— On devrait peut-être se planquer ? suggère Sarhaan. Il n'arrive presque plus à marcher...

Hamzat est affreusement blême, la souffrance déforme son visage. Il a pris dix piges en une heure. Effrayant.

Il est si jeune, pourtant. Seize ans, à peine.

— Les clébards vont nous retrouver en moins de deux ! répond Rémy. Ces saloperies nous suivent à la trace ! Pas pour rien que l'autre enfoiré leur a fait renifler nos guêtres ! Il faut continuer à marcher, c'est notre seule chance de nous en sortir ! Faut pas trop s'éloigner du mur, on finira bien par trouver un endroit où c'est plus facile de passer... Une brèche !

— On passera jamais ! Y a du courant partout !

— Écoute mon vieux, si on se planque, c'est comme si on attendait la mort, O.K. ? Alors tu fais comme tu le sens, mais moi je continue à chercher la sortie de ce putain de merdier !

— T'énerve pas, tempère Sarhaan.

Brusquement, Rémy se demande pourquoi il ne les abandonne pas, pourquoi il n'accélère pas. Après tout, ces mecs ne sont rien pour lui ; la veille, il ne les connaissait même pas ! Il réalise alors que, seul, il serait encore plus terrorisé.

Mais est-ce vraiment l'unique raison ?

— Faut tenir jusqu'à la nuit. Après on verra, conclut-il.

Hamzat s'accroche à l'épaule de Sarhaan et à celle de son frère. Comme on s'accroche à la vie. Sa jambe a démesurément enflé. La douleur lui soulève les tripes à chaque mouvement. Il s'est ouvert le crâne en tombant, le sang inonde sa nuque, son vieux sweat pourri.

Migraine atroce.

Soif. Horriblement soif.

Chaud, froid. En même temps.

Peur.

Pourtant, la mort, il la connaît. Pour l'avoir vue de près. L'avoir côtoyée si souvent ; évitée si souvent. Pour lui avoir marché dessus, lui avoir ri au nez.

Pour s'y être noyé, des nuits entières.

Il vient du purgatoire, retourne à la case départ.

Maintenant, il sait.

Qu'il va mourir.

Qu'il a quitté sa terre natale pour rejoindre un cimetière.

Qu'il a creusé sa propre tombe en suivant son grand frère sur ces terres inconnues.

Il sait que la chance a effectué un détour pour l'éviter. Que Dieu le châtie de quelque chose. Sauf qu'il ne sait pas de quoi… N'a-t-il pas été assez puni comme ça ? Une enfance effroyable, une adolescence encore pire. Pourquoi le sort s'acharne-t-il ainsi sur lui ?

Il a beau chercher, il ne voit pas. Ne comprend pas.

N'a plus la force de comprendre, d'ailleurs.

Soudain Rémy s'arrête net. Ils arrivent en lisière de forêt. Derrière la frontière végétale, une grande étendue d'eau miroite au soleil. Panorama idyllique pour situation cauchemardesque.

— Vaut mieux rester à couvert, dit-il.

— Ouais, acquiesce Sarhaan. Ça vaut mieux en effet…

Eyaz intervient. Moitié anglais, moitié français, avec un soupçon de langage inconnu, il tente de leur expliquer quelque chose. Marcher vers la mare, mettre les pieds dans l'eau pour que les chiens perdent leur trace.

— T'as raison ! s'écrie Rémy. Si on marche dans la flotte, ils ne pourront plus nous flairer !

Ils reprennent leur chemin de croix, s'approchent de l'étang. Rapidement, le sol devient meuble. Leurs pieds meurtris s'enfoncent. Ils veulent contourner le lac pour rejoindre le bois d'en face. Ils sont toujours à deux pour soutenir le blessé qui peine à avancer dans ces marécages.

C'est plus difficile que prévu. Hamzat s'écroule. Ils le relèvent, l'encouragent. Son frère se met même à fredonner un chant de chez eux. Pour bâillonner la frayeur.

Pour narguer ce fameux destin.

C'est alors qu'ils réalisent qu'ils ne sont pas seuls.

Que la mort les regarde, bien en face.

*
* *

Le Lord échange un regard complice avec Delalande. Le seul de ses clients ayant déjà participé à plusieurs traques.

Un habitué. Un camé de la chasse à l'homme.

C'est sa quatrième expérience, aujourd'hui.

Avant de se mettre en selle, alors que leurs gibiers s'enfuyaient vers la forêt, les participants ont fait leur choix.

Quatre proies, quatre chasseurs. À eux d'élire leur cible.

Comme les maquignons sélectionnant leurs bêtes sur pied pour l'abattoir.

Dans un souci de galanterie, les hommes ont laissé l'Autrichienne s'exprimer en premier puis se sont partagé les trois autres. Eh oui, aujourd'hui il y a une femme parmi eux…

Anatoli Konstantinovitch Balakirev, le chasseur russe, n'a pas hésité ; c'est à sa demande que le Lord est allé chercher les Tchétchènes. Deux pour le prix d'un ! Bien sûr, il a payé un petit supplément pour avoir ce qu'il désirait. Pour assouvir son fantasme.

À la carte, c'est toujours plus cher.

Le Russe est un grand adepte de la chasse dans son pays. Mais il représente à peu près tout ce que le Lord méprise.

Il fait partie de ces oligarques ayant amassé un butin colossal en profitant de la restauration du capitalisme dans les années quatre-vingt-dix, de la privatisation des entreprises publiques vendues pour trois roubles six sous.

Oui, Balakirev a fièrement planté son drapeau en haut d'une montagne de fric. Mais, s'il possède une fortune enviable, il ne possède pas grand-chose d'autre. Grossier, vulgaire, primitif, trivial, obscène… Collectionnant les œuvres d'art parce qu'elles valent cher, mais incapable de distinguer un Renoir d'un Monet.

S'affichant avec des putes de luxe, dans des hôtels de luxe.

Qui ne chasse pas, mais massacre plutôt le gibier à la kalachnikov.

Un boucher, rien d'autre.

Un boucher qui saigne, pourtant. Car d'après ce que le Lord a compris, Balakirev a perdu un fils dans un attentat perpétré par les résistants tchétchènes. C'est la raison pour laquelle il a voulu un mets spécial. Certes, il aurait participé quelle que soit la nationalité des proies, mais là, ce sera encore plus savoureux...

Balakirev a payé le prix fort et surtout, il était recommandé par quelqu'un à qui l'on ne peut rien refuser. Alors, le Lord n'a pu l'exclure de son club très privé.

Anatoli a choisi Hamzat, le jeune Caucasien.

Ça tombe bien ; c'est lui qui a testé la clôture électrique en premier.

C'est lui qui sera servi en hors-d'œuvre.

Balakirev s'en pourlèche déjà les babines...

*

* *

Diane vient de déboucher sur un nouveau sentier.

Calme absolu. Personne à l'horizon.

Elle soupire, puis sourit. Elle a même envie de rire !

Elle vient de reconnaître cet endroit où elle est passée ce matin. Cette croisée des chemins si caractéristique ! Elle sait donc désormais comment rejoindre sa voiture.

Sauvée.

À condition d'éviter toute mauvaise rencontre.

Où sont-ils ?

Où sont ces salauds, capables de se mettre à quatre pour massacrer un homme ?

Capables de s'acharner sur lui jusqu'à le tuer.

Capables, encore, de faire disparaître le corps pour effacer leur crime. Avec un effrayant sang-froid.

Capables de tout.

La peur fait flageoler ses jambes, tape dans sa tête comme un gourdin.

Pourtant, il faut bien avancer.

Elle se fera aussi discrète que possible. Comme elle aimerait être un de ces cervidés ! Agiles, rapides, invisibles. Puissants. Ou un de ces vautours, pour pouvoir emprunter la voie des airs… Mais elle n'est qu'humaine.

Elle s'engage dans la descente, d'un pas soutenu. À cette vitesse, il lui faudra à peine une demi-heure pour rejoindre sa voiture qu'elle n'a jamais autant rêvé de revoir !

Une demi-heure, pas plus.

Trente minutes d'angoisse, de terreur.

*
*   *

10 h 30

Ils restent figés un instant.

L'équipage mortel vient de déboucher de la forêt sur leur droite.

À trois cents mètres, tout au plus.

Trois cents mètres qui les séparent de la mort.

Cette fois, c'est fini. Terminus, tout le monde descend.

Après quelques secondes d'immobilisme, ils veulent se remettre à courir.

Mais Hamzat ne peut pas. Ne peut plus. Ou ne veut plus.

Sarhaan et Eyaz ne le lâchent pas. Rémy s'y met aussi. Ils sont trois à le traîner de force tandis que les cavaliers se sont arrêtés pour jouir de la perspective. Que les chiens se sont mis à hurler au bout de leurs interminables longes tenues par les larbins du Lord.

Après vingt mètres de torture, Hamzat s'effondre.

— Partez ! s'écrie-t-il.

Les autres le relèvent encore, refusant d'abdiquer.

— Vous, partir ! répète le jeune Tchétchène. Vous… sauver !

Les cavaliers ne bougent toujours pas.

Pourquoi ?

— Partir ! implore le blessé.

Sarhaan et Rémy se regardent, effarés.

Rester et mourir ; ou courir et mourir plus tard.

Abandonner leurs amis à leur funeste sort. Car Eyaz ne laissera pas son frangin. Ils partiront ensemble.

Les chevaux s'avancent lentement, ne se pressant même pas.

Hamzat supplie encore son frère. Mais celui-ci tient bon. Il le hisse de force sur son dos, essaie de progresser dans le bourbier malgré le fardeau sur ses épaules. Il chute, Sarhaan fait demi-tour pour venir lui filer un coup de main. Bien plus costaud que le Tchétchène, le voilà charriant Hamzat sur son échine.

Le Lord attrape sa carabine. Premières détonations.

Ils ne s'en sortiront pas s'ils n'accélèrent pas.

Hamzat l'a bien compris. Il renonce, définitivement, se laisse glisser sur le sol spongieux, se rendant intransportable.

Il confie quelques mots à son frère, sans doute une supplique. Puis, d'un simple regard, il enjoint à Sarhaan et Rémy d'agir avant qu'il ne soit trop tard.

Il y a des moments où la barrière de la langue n'existe plus...

Le Black et le Français hésitent un instant ; une troisième détonation les décide. Ils empoignent Eyaz, essaient de l'obliger à les suivre. Mais il se défend, se débat, refuse.

Les secondes passent, la mort approche.

Alors, Sarhaan et Rémy prennent la fuite ; aussi vite que possible, ils longent l'étang. Avec le bruit des sabots martelant le sol.

Avec la culpabilité qui les étouffe, les ralentit.

Avec quelques balles qui sifflent près de leurs oreilles mais ne les atteindront pas.

Normal, le seul but de ces tirs était de les obliger à renoncer à Hamzat.

Hamzat qui, toujours à terre, les suit à travers ses larmes. Il ne pleure pas parce qu'il est condamné ; mais parce que son frère est toujours là, près de lui. Rempart inutile contre une mort annoncée.

Arrivés de l'autre côté de la mare, les deux miraculés se retournent. Les cavaliers ne les poursuivent pas. Ils encerclent les jeunes Tchétchènes. Hamzat s'est relevé dans un ultime effort de dignité.

Mourir debout.

Deux types s'emparent d'Eyaz et le tiennent éloigné de son frère.

C'est alors que le Lord fait taire les chiens et s'adresse aux rescapés, d'une voix qui ferait vaciller les Enfers.

— On s'occupera de vous plus tard ! Ce serait trop facile de vous tuer maintenant ! Trop rapide ! Profitez donc du spectacle !

Eyaz essaie de se jeter à la rescousse de son frère, mais les deux larbins l'en empêchent. Dans sa langue maternelle, il vocifère des insultes, des menaces. Bien dérisoires.

Le châtelain lui sourit. Son fameux et abominable sourire.

— Puisque tu as voulu rester toi aussi, tu vas être aux premières loges…

Sarhaan et Rémy ne songent même plus à s'éloigner, ayant compris qu'ils auront le temps de fuir après.

Ayant compris que ce sera l'un après l'autre et pas tous en même temps.

Les fameuses règles du jeu…

Ils assistent alors à une scène qui leur glace le sang.

Les chiens se remettent à gueuler en un lugubre concerto.

Hamzat recule, doucement. Balakirev, arme au poing, s'avance vers lui.

— On va voir si tu sais nager ! ricane-t-il dans sa langue maternelle.

Les yeux exorbités, Hamzat continue de boiter à reculons. Il s'écroule à nouveau.

— Allez, debout ! ordonne le Lord. Je croyais pourtant que les gens de ta race étaient de vaillants guerriers !

Le chasseur s'approche de sa proie terrorisée qui se remet tant bien que mal sur ses deux jambes. Un pas après l'autre, Hamzat s'enfonce dans l'eau limoneuse.

Le bruit de la détonation déchire le ciel, les tympans. Un des étalons se cabre, envoyant son cavalier au tapis.

Hamzat pousse un hurlement. Touché à l'autre jambe, il s'affaisse. Il essaie de ne pas sombrer, peu à peu aspiré par le néant. Par la vase. Il boit la tasse à plusieurs reprises, appelle au secours.

Eyaz tente à nouveau de s'élancer en direction de l'étang, mais les hommes de main du Lord le retiennent énergiquement. Il devient si violent qu'ils sont forcés de le plaquer au sol.

À deux cents mètres de là, Rémy se met à trembler. De la tête aux pieds.

Sarhaan se bouche les oreilles.

Obligés d'endurer…

Les cris de leur ami qui se noie, encore.

Les cris de son propre frère.

Sa lente agonie.

Ça n'en finira donc jamais…

Des secondes interminables, des minutes peut-être.

Enfin, Balakirev s'approche. Avec le pied, il appuie sur la tête du jeune homme.

Le maintient sous l'eau jusqu'à ce qu'il ne bouge plus.

L'expédiant définitivement dans les ténèbres.

6

Elle est là, elle l'attend.

Sa jolie petite voiture grise, sagement rangée au bord de la piste en terre.

Diane s'arrête.

Plus que quelques dizaines de mètres à franchir pour rejoindre la civilisation.

Plus que quelques foulées et pourtant…

La peur lui vrille les entrailles, le doute lui cisaille les mollets.

Intuition féminine, pressentiment ?

Tapie, elle observe, écoute. Hume l'air ambiant, tel l'animal aux abois.

Aucun mouvement, aucun bruit, à part quelques chants d'oiseaux, le souffle du vent ou la ritournelle lointaine d'une rivière.

Malgré tout, ses jambes refusent de la conduire plus avant.

Allez ma grande, n'aie pas peur, vas-y… Fonce et prends le volant !

Elle serre la clef dans sa main. Ose un pas, un autre… Elle s'immobilise encore, planquée derrière un arbre. Elle récupère son Nikon dans le sac, règle le zoom au maximum. Elle balaie le paysage, décortique la végétation alentour. Son cœur résonne jusque dans son crâne.

Rien à signaler. Tout semble calme, silencieux. Paisible.

Trop, peut-être ?

C'est alors qu'elle voit frissonner légèrement un buisson, à vingt mètres du véhicule. Elle se fixe sur cet endroit précis et devine, au travers des feuillages, une masse sombre allongée sur le sol. Hallucination ? Mirage né de la frayeur ?

Un éclair déchire sa tête, ses mains se mettent à trembler.

Marche arrière.

Elle recule, doucement. Tourne la tête à droite, à gauche.

Ils sont là. Elle le sent, le sait. L'éprouve jusque dans son ventre.

Là, autour. En embuscade.

Elle pivote sur elle-même, s'élance à toute vitesse dans l'autre sens.

Détonation. Choc, douleur.

Elle chute, se relève instantanément. Reprend sa fuite éperdue au milieu des arbres, des broussailles, des fougères. Ils la suivent, elle les entend. Le bruit de leurs pas. Comme une légion de démons jetée à sa poursuite.

Mais aucun obstacle ne l'arrête, aucune blessure ne la ralentit.

Deuxième coup de feu, qui la frôle ; elle hurle.

La terreur lui donne des ailes.

Elle s'envole…

Rémy pleure. Longtemps que ça ne lui était pas arrivé. Une éternité. Même au fond de l'abîme, il n'a pas chialé.

Presque pas.

Il marche, juste derrière l'immense Sarhaan. Juste devant Eyaz, qui semble déjà mort. Qui s'est noyé en même temps que son jeune frère. Les chasseurs ne l'ont pas assassiné, bien trop cruels pour ça. Ils l'ont laissé rejoindre les deux autres.

Surtout, ne pas oublier les règles du jeu.

Chacun son tour.

Rémy marche, sans savoir pourquoi.

— J'veux plus continuer, annonce-t-il soudain.

Le Black se retourne.

— Tu veux les laisser te tuer ?

— De toute façon, on va crever… Alors, à quoi bon courir ? Pour les amuser ? Je reste là, je les attends… Je les emmerde !!

Il s'effondre contre un chêne majestueux, étend ses jambes, sèche ses larmes.

Sarhaan, revenu sur ses pas, s'installe à ses côtés.

— Je vais attendre avec toi, dans ce cas.

Rémy fronce les sourcils, surpris.

— Tu fais comme tu veux, mon vieux. Je te force pas.

— Je ne te laisserai pas, s'entête Sarhaan.

Eyaz s'est arrêté, lui aussi. Assis à quelques mètres de là, il cache son visage entre ses mains, profitant de la pause pour laisser libre cours à son chagrin.

— Vous avez qu'à continuer, vous trouverez peut-être la sortie, murmure encore Rémy.

— Pas sans toi, non.

— Moi, je peux plus… Je peux plus…

— Non, tu ne *veux* plus, c'est pas pareil.

Rémy secoue la tête.

— Ils vont nous faire cavaler toute la journée, jusqu'à l'épuisement. Avant de nous abattre comme des chiens… Comme ils ont tué… Hamzat. Putain, j'entends encore ses cris… ! Je refuse de continuer…

— Je comprends, assure Sarhaan. Mais il y a une autre solution…

— Ah ouais ? Laquelle ?

— Se battre.

Eyaz relève la tête, essuie ses yeux. Comme s'il avait saisi le sens de ce mot.

— Se battre ? répète Rémy. Mais avec quoi ? Ils ont des chevaux, des fusils, des radios ! Des chiens ! Des bagnoles, sans doute ! Et nous, on a quoi ? Hein ?

— La haine…

— Non, ce sont eux qui ont la haine ! Eux qui nous détestent au point de nous massacrer ! Eux qui nous considèrent comme des sous-hommes, pire que des animaux !

— Alors, on a l'instinct de survie. On peut lutter. Si on y passe, au moins on aura tout essayé…

— J'ai plus de forces, déjà ! J'ai l'impression qu'un rouleau compresseur m'est passé dessus !

— Moi aussi, je suis fatigué. Mais je sais qu'on peut y arriver. Si on reste ensemble. Regarde…

Sarhaan a ramassé une pierre qu'il tient dans sa main gauche.

— Tu vois, ça c'est une arme !

— Ça ? ricane Rémy. Tu te fous de ma gueule ou quoi ? Tu comptes faire quoi avec ce caillou ?!

— Y a plein de choses qui peuvent devenir des armes… Ce *caillou*, comme tu dis, si je te le lance en pleine tête, tu vas voir si c'est pas une arme !

— Attends, tu veux dire que t'as l'intention de leur balancer des pierres ? Tu te crois en Palestine ou quoi ?! Ou alors, t'es devenu barge…

— Non, man, je ne suis pas fou… Je dis qu'on doit se battre. Qu'on doit tout tenter. Qu'on doit résister. Pas se faire tirer comme des lapins !

Résister. Rémy ferme les yeux, appuie son crâne contre l'écorce rugueuse de l'arbre trapu. Les cris d'Hamzat qui se noie, encore. Ces hurlements, ces images insoutenables qui le poursuivront jusqu'à la fin de sa vie.

Mais sa vie est sur le point de s'achever, de toute façon.

— Il ne faut pas abandonner… Allez debout, homme blanc ! On va pas se laisser exterminer sans réagir ! Eyaz n'abandonne pas, lui. Pourtant, c'est son frère qu'ils ont tué.

Sarhaan est sur ses jambes, il lui tend la main. Rémy accepte son aide.

— Alors, on fait quoi ? soupire-t-il.

— On va changer les règles du jeu…

*
* *

Un magnifique plongeon.

Un saut de l'ange.

Diane est étonnée d'être encore en vie. Pourtant, elle respire. Elle voit, elle entend.

Check-up normal.

Ou presque.

Elle vient d'échapper au courant violent en s'agrippant à une branche de saule puis à un rocher. Elle s'échoue sur la rive. Allongée sur le dos, elle reprend son souffle.

Le froid lui brûle la peau.

Vivante. Je suis vivante. C'est pas croyable…

Elle s'assoit dos à un rocher puis regarde l'impact dans sa chair. La balle s'est logée dans son bras droit, un peu en dessous du coude. Elle enlève son sac de ses épaules meurtries. À l'intérieur, une trousse de secours et le reste de ses affaires dans une pochette plastique étanche. Elle fait toujours ça en cas d'orage. Brillante idée ! Sa prévoyance maladive lui sauvera peut-être la vie.

Elle vire sa polaire et son tee-shirt trempés, grelottant de plus belle. Elle enfile un sweat de rechange, un coupe-vent par-dessus, puis apporte les premiers soins à sa blessure ; pas facile, d'une seule main… Après avoir désinfecté le pourtour de la plaie, elle la recouvre d'une bande.

Pas joli à voir.

Ne pas tourner de l'œil, pas maintenant.

Dans la bataille, elle a paumé son fidèle Nikon. Mais cela n'a plus guère d'importance…

L'eau glacée a un peu anesthésié la douleur ; elle sait toutefois que ça ne durera pas.

Elle sort son petit Thermos, s'offre quelques gorgées de café chaud. Côté bouffe, il ne lui reste pas grand-chose de consommable ; deux barres de céréales protégées dans leur étui d'aluminium, une gourde de boisson énergétique. Le sandwich qu'elle s'était confectionné pour le déjeuner ressemble désormais à une éponge aromatisée au jambon !

Quant à son téléphone portable, il est complètement HS.

Réfléchis, ma vieille… Réfléchis, bon Dieu !

Ils sont restés en haut, n'ont pas eu le cran de sauter dans le vide. De la suivre dans la rivière qui ressemble ici à un torrent en furie.

Elle bénéficie donc d'un sursis.

Inutile de repartir vers la voiture : ils auront sans aucun doute crevé les pneus. En tout cas, c'est ce qu'elle aurait fait à leur place. Ou ils auront laissé un des leurs en planque juste à côté.

Oublier la caisse. Trouver une autre solution.

Elle reprend la carte, devenue difficilement lisible. Comment rejoindre un village, une ferme, un téléphone ? Comment retrouver la civilisation ? Comment s'extirper de ce piège ?

Elle essaie déjà de repérer l'endroit où elle se trouve, tout en réprimant ses claquements de dents. La rivière est là, la voiture ici… C'est approximatif, mais ça suffira. Longer encore le lit du cours d'eau, puis remonter à droite pour regagner un sentier. De là, elle pourra suivre un GR qui l'emmènera sur une petite route conduisant à un hameau. Peut-être croisera-t-elle des gens qui pourront la secourir ?

Peut-être croisera-t-elle les tueurs…

Ici, en France, au XXIe siècle, elle ne peut pas parcourir autant de kilomètres sans rencontrer une maison, un automobiliste, âme qui vive ! Impossible…

Elle ausculte encore la carte.

Un no man's land… Voilà où elle se trouve.

*

* *

— Passez-vous une bonne journée, mes amis ?
interroge le Lord en souriant.

Ils acquiescent en chœur, joyeux, ravis. Déjà un peu
ivres.

Un safari en Sologne, *made in France*, avec tout le
raffinement qui a forgé la réputation de cette belle
nation !

Ils se sont arrêtés pour une pause, savourent leur
déjeuner servi par deux larbins en 4×4. Tandis que les
chevaux se désaltèrent un peu plus loin et que les
chiens font une sieste bien méritée dans le pick-up.

Le Lord fume sa cigarette, en matant la seule femme
du groupe. Une première ! D'habitude, il n'a que des
clients masculins. Sauf une fois, une épouse qui a
accompagné son mari, mais n'a fait que regarder.

Aujourd'hui, l'Autrichienne est là pour participer.

Pour assassiner.

Pour entacher de sang humain sur ses mains délicates, parfaitement manucurées.

Elle est plutôt pas mal de sa personne, attirante.
Cheveux clairs, yeux verts, entre trente-cinq et quarante ans.

Il a hâte de la voir en action. Si toutefois elle ne se
dégonfle pas au dernier moment ; car avec les gon-
zesses, il faut s'attendre à tout ! Il considère que la
chasse est une affaire d'hommes. Mais elle a payé la
somme qu'il fallait, il n'avait aucune raison de lui
refuser l'entrée de sa confrérie. Apparemment, c'est
une adepte de la vénerie qu'elle pratique régulièrement.
Elle monte d'ailleurs admirablement à cheval.

Il essaie d'engager la conversation, en anglais ; il ne
parle pas un mot d'allemand. Mais la belle se

débrouille plutôt bien en français. Le courant passe, elle affirme vivre une extraordinaire journée... Il se met à l'imaginer sans ses vêtements, ça lui file une bonne trique. Cette nuit, peut-être, il la mettra dans son pieu.

— Et si on ne les trouve pas avant ce soir ? demande-t-elle.

— Ça m'étonnerait ! répond le Lord avec son éternel sourire. Mais si ça arrive, vous aurez droit à une deuxième chance demain !

— Cela s'est-il déjà passé ? Qu'ils vous échappent ?

— Non. Ils n'ont jamais survécu à la première journée, ma chère ! Jamais...

*

* *

Longer le torrent n'a pas été une partie de plaisir. Diane a dû patauger dans l'eau glacée à plusieurs reprises. Mais elle a enfin rallié un étroit sentier lui permettant de sortir de ces gorges. Elle a du mal à avancer, avec son jean mouillé qui colle froidement à ses jambes ; avec ses pieds en train de geler dans ses godasses trempées ; avec son bras qui lance des signaux de douleur de plus en plus violents.

Avec la terreur qui va *crescendo*.

Dans sa trousse de secours, elle a dégoté une tablette d'antalgiques, en a avalé deux comprimés. Mais pour soulager une blessure par arme à feu, il faudrait quelque chose de nettement plus costaud !

Arrivée enfin au bout de son ascension, Diane s'octroie une courte pause. Le ciel, menaçant, n'offre plus aucun fragment de bleu à l'horizon. Du gris, du gris foncé. Le vent qui se renforce devient de plus en plus froid.

Ne pas rester trop longtemps immobile, sous peine de tomber en hypothermie.

Putain, quand mon patron va apprendre ça... Il a intérêt à me filer une augmentation et au moins trois cents jours de congés !

Elle se retrouve sur du plat, reprend sa cavale. Pendant un moment, elle continue de côtoyer la rivière tout en la surplombant. Elle a hâte de s'en éloigner, pour ne plus entendre son assourdissant tumulte. Pour jouir à nouveau du silence qui lui permettra de repérer plus facilement toute approche humaine.

Un écureuil file à dix mètres devant elle, bondit sur un arbre, y plante ses griffes acérées puis grimpe à une vitesse prodigieuse. Une fois en sécurité, il prend le temps d'observer cette intruse. Il est mignon. Avant, elle aurait pris son Nikon pour l'immortaliser. Mais aujourd'hui, elle n'est plus une photographe passionnée ; juste une cible. Un témoin gênant qu'il faut abattre, ensevelir sous un mètre de terre ou jeter au fond d'un aven.

Une cible, rien d'autre.

Elle frissonne, s'accorde deux ou trois larmes, s'apitoie quelques instants sur son sort.

Ces salauds ne perdent rien pour attendre ! Ils vont pourrir en taule pour un bon moment, ils peuvent compter sur elle pour les enfoncer pendant le procès aux assises...

*
* *

Il entrouvre les yeux. Du flou, seulement du flou. Et une douleur atroce qui jaillit de tout son corps. Si forte qu'elle en devient irréelle…

Il tente de bouger, n'y parvient pas.

Le froid le ronge sans relâche. Morsures glacées, brûlantes.

Il ouvre la bouche, se concentre. Seul un gémissement ridicule sort de sa gorge. Tout juste si lui-même l'a entendu.

Il voulait hurler. *Au secours.* Il essaie encore. Crache un liquide qui doit être du sang.

Il parvient à remuer son bras gauche, pose sa main sur son torse. Chaque respiration est un calvaire.

Il se souvient.

Les coups, les insultes.

Et puis, le noir complet. L'oubli.

Il se souvient.

Julie, la belle Julie. Il la désirait tellement. Elle est un si beau souvenir…

Pourvu que quelqu'un passe par là et entende mes appels au secours.

Mais qui pourrait bien rôder près de cet ancien puits ?

Qui pourrait bien avoir l'ouïe assez fine pour discerner ces râles étouffés ?

Qui, à part la mort, pourrait venir délivrer Sylvain… ?

7

Enfant, Diane rêvait de devenir institutrice. Comme beaucoup de gamines. Maîtresse d'école… Celle que l'on admire, à qui l'on souhaite ressembler.

Pas très original, somme toute.

Mais qui demande à un gosse d'être original ? En général, on lui demande plutôt d'être comme les autres. D'entrer dans le rang, de se fondre dans la masse.

D'être normal, quoi.

Ou alors, d'être meilleur que ses petits camarades.

Doué en maths, en français ou en violon. Les trois, si possible.

De devenir la fierté de papa maman.

Quelques années plus loin, Diane ne savait plus vraiment quelle voie choisir. Pourtant, les adultes ne cessaient de lui poser la question fatidique : *Qu'est-ce que tu veux faire plus tard* ?

Déjà qu'elle avait du mal à savoir ce qu'elle avait envie de faire la minute d'après…

Adolescente, elle enquêtait sur elle-même. Et sur ceux gravitant dans son périmètre. Des investigations qui ne menaient à rien ou pas grand-chose. Sauf à la conclusion, pessimiste, réaliste, que la vie est un enchaînement de difficultés à surmonter.

Que la joie est éphémère, la douleur infinie.

Que le bonheur est de secondes, la souffrance d'éternité.

Sur un journal intime, soigneusement caché, elle a griffonné un jour : *la douleur n'a pas de limites contrairement au bonheur.*

Ça lui semblait un résumé parfait, comme le rapport du légiste après une autopsie.

Mais quelques heures plus tard, elle a repris son stylo, pour ajouter, juste en dessous : *Je me suis trompée ; douleur et bonheur ont tous les deux une même limite : la mort.*

Elle n'a plus jamais rien écrit sur ce journal. Ni sur aucun journal. Comme si elle avait effectué le tour de la question essentielle. Cruciale.

De plus en plus mal dans sa carapace de chair, elle avait alors appris à chérir la solitude.

De force.

Car les autres ne semblaient pas l'aimer, même pas la voir d'ailleurs. Elle se sentait transparente et épiée à la fois.

Drôles d'impressions inextricablement mélangées…

Elle se trouvait maladroite, moche, décalée.

Recalée.

Chaque fois que quelqu'un la regardait, elle avait le sentiment que c'était avec mépris ou raillerie.

Il ne pouvait en être autrement.

Pourquoi ?

Aucune raison apparente.

Paranoïa chronique ?

Non. Simples difficultés à s'intégrer ; à s'identifier à ses semblables.

Semblables, vraiment ?

Ils ne s'approchaient pas d'elle, ça la rendait malheureuse.

Ils s'approchaient d'elle, ça lui faisait peur.

Ça lui faisait mal.

Patiemment, elle bâtissait des refuges, des cocons douillets.

L'isolement où elle pouvait enfin exister sans craindre d'être jugée, voire condamnée ; les livres, les films où elle se prenait pour l'héroïne. Ou même pour le héros.

Car elle aurait aimé être un homme.

Oui, elle aurait préféré. Cependant, Diane n'a jamais renié sa féminité.

Mais être un mec, c'est mieux, elle en reste persuadée. Ça fait partie de ses certitudes inébranlables.

Dommage, elle ne pourra jamais vérifier si elle a tort ou raison !

Devenue une jeune fille, elle a continué sa quête d'elle-même. Études médiocres, petits boulots sans grand intérêt.

Et toujours cette attraction pour la solitude.

Ce merveilleux abri que représente une plage déserte, une ville en pleine nuit, le sommet d'une montagne ou le cœur d'une forêt.

Ces moments magiques de contemplation silencieuse.

Loin des autres.

Contempler, photographier : le pas était franchi.

Comme si elle avait besoin d'un filtre pour supporter le monde. Pour le voir au travers d'une paroi de verre.

Pour le rendre plus beau, le magnifier, le modeler à son envie.

Lui rendre hommage.

N'en retenir que le meilleur, le plus beau. En gommer la violence, la barbarie quotidienne, la laideur.

Être derrière l'objectif, toujours. Jamais devant.

Toujours en coulisses, jamais sur scène.

Photographier ce qui l'entoure, sans jamais y figurer. Sans jamais y apparaître.

Témoin invisible, elle venait de trouver sa vocation.

Sportive, patiente, artiste, imaginative ; elle possédait les qualités requises.

Elle a alors commencé à s'ouvrir prudemment aux autres. À sortir le bout de son nez, à tenter quelques incursions parmi les autres terriens de son espèce. En restant sur ses gardes, toutefois.

Méfiante, mesurée.

Elle s'est aperçue que les hommes n'étaient pas indifférents à son charme ou ses charmes. Mais aucun prétendant qui soit à la hauteur de ses espérances. Juste quelques courants d'air, chauds ou froids.

Pourtant, après avoir trouvé son métier, il lui fallait inventer une vie à mettre autour.

Trouver l'amour. Comme dans les livres, les films.

Trouver l'élu.

Celui qui aurait le droit d'envahir son espace vital, son intimité.

Celui dans les bras duquel elle se sentirait belle, enfin.

Celui qui aurait le droit de la photographier.

Un inoubliable jour de juin, elle l'a rencontré. Inoubliable, oui.

Elle est alors sortie de sa chrysalide, dépliant complètement ses ailes, pour devenir une femme comblée, radieuse. Une femme n'ayant plus peur d'exister.

Il l'a plaquée au bout de cinq ans. Sans qu'elle comprenne jamais pourquoi.

La terre s'est ouverte sous ses pieds, elle a entamé une chute sans fin.

Elle est redevenue laide, maladroite.

Transparente.

Sauf qu'aujourd'hui, elle aimerait l'être vraiment, transparente.

Elle a eu envie de mourir quand il s'est tiré comme un voleur. Envie de s'ouvrir les veines, de se jeter du haut d'un pont, de se pendre, d'avaler le contenu de la pharmacie. C'était bien la seule envie qu'il lui restait, d'ailleurs…

Sauf qu'aujourd'hui, elle a envie de vivre. De survivre.

À moins que…

Elle est obligée de se poser la question. Obligée de se demander si elle ira jusqu'au bout. Si elle n'abandonnera pas la partie avant la fin. Si elle ne va pas ralentir, si elle va vraiment atteindre l'épuisement pour échapper à ses poursuivants.

Obligée de se demander si le vide ne l'attire plus…

8

Le palpitant de Rémy entre en zone rouge.

Il a changé de rôle. De gibier, le voilà devenu prédateur.

Belle promotion.

Là, il aimerait surtout devenir invisible, microscopique.

Un virus, un microbe, une bactérie mortelle. Capable de tous les contaminer, les condamner, les exterminer lentement. Capable de leur liquéfier les organes, de leur empoisonner le sang, de les rendre fous.

— C'est lui qui a tué Hamzat, chuchote Sarhaan.

— J'sais pas, ils étaient loin…

— Moi, j'en suis sûr.

Eyaz confirme, d'un hochement de tête. Puis il fixe à nouveau la cible. Avec un regard de tueur.

Anatoli Balakirev s'est écarté du groupe quelques instants. Tel un clébard, il tourne en rond, se cherchant un coin peinard pour soulager une envie pressante.

Les trois fugitifs ont réussi à s'approcher discrètement de leurs poursuivants. Ils se doutaient qu'ils allaient casser la graine, ont décidé d'en profiter.

De risquer le tout pour le tout.

L'endroit est idéal, leur permettant de se fondre dans une végétation particulièrement dense qui couvrira leur fuite. Un endroit où les chevaux ne pourront s'aventurer.

Sarhaan et Eyaz préparent leur attaque. Leurs armes peuvent sembler dérisoires ; chacun muni d'un caillou de la taille d'un œuf de poule enrobé dans un vieux morceau de tissu trouvé accroché à une branche.

Ils ajustent leur tir, Rémy donne le top départ.

Le Russe, touché en pleine tempe puis en plein front, pousse un léger miaulement qui passe inaperçu aux oreilles du reste de la troupe. Il titube quelques secondes avant de s'écrouler de tout son long. Eyaz est déjà penché sur lui, en train de lui faire les poches ; couteau suisse, portefeuille, paquet de clopes.

Et le plus important : son Sphinx automatique avec cinq balles dans le chargeur.

Un des chiens se met soudain à aboyer, les agresseurs s'évaporent à toute vitesse. Mais Eyaz prend le temps de cracher sur le corps inanimé gisant à ses pieds. Il aimerait lui tirer une balle entre les deux yeux, mais inutile de gaspiller les précieuses munitions. Il est déjà hors d'état de nuire. Un bon coup de talon en pleine face suffira à achever le travail. Un deuxième au cas où… Lui briser la nuque ? L'égorger avec le couteau miniature ? Plus facile à dire qu'à faire… Il abandonne l'idée, prétextant le manque de temps, puis rattrape ses deux compagnons, dont Rémy qui jubile :

On l'a eu, ce salaud ! On l'a eu…

Un de moins !

Eyaz sourit. Tu es vengé, mon frère.

Elle a mal aux pieds, aux jambes. Mais surtout au bras.

Elle a froid, malgré le rythme soutenu de son pèlerinage forcé sur les chemins de Lozère.

Les paysages n'ont plus rien de grandiose à ses yeux fatigués. Ils sont devenus hostiles, un point c'est tout.

Diane n'a croisé personne.

Pourtant, elle n'abandonne pas, posant un pied devant l'autre, comme un robot.

Elle n'a pas envie de mourir, pas envie de tomber dans les griffes de ses persécuteurs. Dès qu'elle ralentit, elle songe à ce qu'ils pourraient lui infliger. Ces ordures sont capables de toutes les horreurs, sans doute. De la rouer de coups, l'enterrer vivante, la précipiter du haut d'une falaise. Et pourquoi pas de s'amuser un peu avec elle avant de la tuer ?

Rien que d'y penser la pousse à hâter le pas.

Elle a mangé une barre de céréales, a vidé jusqu'à la dernière goutte de boisson énergétique, remplacée par de l'eau de source.

Si elle doit passer la nuit dehors, elle crèvera de froid. Elle a perdu du sang, est affaiblie ; elle n'y survivrait pas, sans doute.

Alors, hors de question de se terrer dans un coin ; il faut avancer.

Elle sera arrivée au hameau le plus proche avant le crépuscule.

Ce soir, elle sera sauvée. Ce soir, elle dormira à l'hosto et ses poursuivants en cellule.

Elle se répète ce refrain inlassablement, pour s'injecter de la force en intramusculaire.

Et elle pense à lui.

Elle n'a jamais cessé de penser à lui, de toute manière.

$$*$$
$$* \quad *$$

Le Lord ne sourit plus.

Perdre un de ses clients ne figurait pas au programme des réjouissances.

Il avait pourtant interdit à quiconque de s'écarter du groupe. Se faire piquer son flingue, quel abruti !

Heureusement, ce gros débile de Balakirev n'est pas mort. Mais salement amoché, tout de même. Ses larbins l'ont foutu dans le 4×4 avec ordre de le conduire aux urgences. *Accident de chasse* sera la cause officielle de son état. Il est tombé de cheval, sa tête a violemment heurté un rocher, son pied est resté coincé dans l'étrier… Le temps que les autorités débarquent pour vérifier, le terrain sera nettoyé.

Les trois fuyards ne perdent rien pour attendre. S'ils croient qu'ils vont le narguer encore longtemps !

Il s'adresse à ses invités, les harangue d'un ton un peu théâtral. *On va choper ces enfoirés. Et on va les exterminer. Vous êtes là pour ça, non ? Vous avez payé assez cher pour ça, non ?*

Finalement, ce regrettable incident confère un intérêt supplémentaire à la balade. Les veneurs ne semblent pas contrariés par ce qui s'est passé ; au contraire, la battue devient dangereuse, le gibier se rebelle. Il est armé.

Ça les excite.

Ce n'est plus une simple boucherie. Ça devient une vraie chasse où ils ont l'impression de mettre leur vie en péril.

Le Lord remonte en selle, imité par ses troupes.

Il ne s'est pas trompé en choisissant ses proies ! Il savait que ces mecs-là lui donneraient du fil à retordre. Qu'ils feraient durer le plaisir.

Qu'ils contenteraient à merveille ses richissimes adeptes de sensations fortes.

Pour un peu, il aurait presque envie de récompenser leur audace en leur laissant la vie !

Presque.

Delalande est concentré ; le gibier qu'il a choisi sera-t-il le prochain à périr ? Il n'est pas pressé. Il sait que le meilleur moment dans la chasse, c'est l'attente, l'approche, le désir. Ce moment où, pour assouvir ses pulsions, il donnerait n'importe quoi.

Ce moment unique qui précède le meurtre.

Celui pour lequel il paie une fortune au maître de cérémonie. Et pour lequel il serait prêt à payer bien plus encore.

Pour lequel il serait prêt à offrir tout ce qu'il a. Son fric, son âme.

Comme le tox donnerait tout ce qu'il possède à son dealer pour une simple dose...

*
* *

13 h 00

Les chasseurs s'accordent une courte halte. Dix minutes, tout au plus.

Dans un silence pesant, seulement troublé par les grondements de l'orage qui approche des monts cévenols, ils avalent quelques bouchées de pain, quelques tranches de saucisson. Quelques gorgées de vin.

De quoi recharger les batteries.

— Cette salope nous aura fait courir, grogne soudain Roland Margon. Putain, quand je vais lui mettre la main dessus…

Séverin Granet le considère avec effarement.

— Quoi ? T'as quelque chose à redire ?

— Écoute, je suis pas sûr que…

— Que quoi ? coupe le pharmacien. Vas-y, on t'écoute !

Séverin hésite quelques secondes.

— Je suis pas sûr qu'on doit continuer.

— Tu veux quoi, alors ? Finir ta triste vie en centrale ? Perdre tout ce que tu as ?

— Mais…

— *Mais, mais mais !* Mais quoi ?! aboie Margon. T'as une autre solution, peut-être ?

— Calmez-vous, les gars, supplie Hugues.

— Toi, l'aubergiste, ta gueule ! s'emporte Roland.

— Me parle pas sur ce ton !

Margon se lève. Impressionnant du haut de ses presque deux mètres.

— Je te parle comme je veux ! On a dit qu'on se débarrassait de cette fille, alors on se débarrasse d'elle ! C'est clair ?

— Tu penses que c'est toi qui commandes, peut-être ?

Margon sourit.

— Je crois, oui… Parce que vous êtes bien incapables, tous autant que vous êtes, de prendre la bonne décision ! Si je n'étais pas là, vous seriez déjà chez les gendarmes en train de passer aux aveux en pleurnichant !

Il se rassoit, sûr d'avoir établi son autorité. Mais Gilles a des choses à dire.

— Si t'étais pas là, on n'aurait peut-être pas buté l'autre con ! C'est toi qui as voulu qu'on aille l'emmerder ! C'est toi qui as trouvé la photo de Julie dans sa poche !

— Et alors ? Heureusement que j'l'ai trouvée, cette photo ! Sinon, cet enfoiré aurait recommencé en tuant une autre fille ! Ta sœur, peut-être ! Aujourd'hui, qui sait !

— On sera jamais sûrs que c'était lui le tueur, souligne Hugues. Il avait pas une tête de criminel…

Le pharmacien lève les yeux au ciel.

— Les gendarmes sont allés l'interroger après le crime mais ils ne l'ont pas arrêté, poursuit l'aubergiste.

— Des incapables ! affirme Roland.

— N'empêche que tout ça, c'est de ta faute ! s'insurge Gilles. Et t'avais pas à tirer sur la photographe ! C'était pas ce qu'on avait prévu ! On devait juste la choper et lui parler !

— Tu commences à me casser les couilles, petit ! prévient Margon.

Mais le jeune homme reste sourd aux avertissements ; il continue à chatouiller le chef de meute, à le prendre à rebrousse-poil.

— À cause de toi, on a tué un type et on poursuit une pauvre fille ! À cause de toi, on est dans la merde, jusqu'au cou !

— Ça te va bien de me faire la morale ! réplique Margon d'un ton glacial. C'est pas moi qui ai menti aux képis sur mon emploi du temps le jour du meurtre… N'est-ce pas ?

Gilles reste sans voix, pris la main dans le sac. Alors, le pharmacien enfonce le clou en s'adressant à son père.

— Et c'est pas moi qui ai couvert mon fils en racontant des bobards aux gendarmes…

— Tu sais très bien pourquoi on a fait ça ! s'offusque Séverin. Je t'ai expliqué !

— Ouais… N'empêche que ton dégénéré de fils traînait bel et bien dans les parages le jour où Julie a été étranglée… Même que pour le cacher, vous avez filé une jolie somme au vieux Martin pour qu'il se taise !

Gilles se lève, les poings serrés.

— C'est pas moi qui l'ai tuée !

— Vraiment ? sourit le pharmacien.

— C'est pas lui ! martèle Séverin.

— Alors pourquoi ce faux témoignage ?

Séverin met quelques secondes à répondre tandis que l'aubergiste écarquille les yeux.

— Tu connais les gendarmes, s'ils avaient su que Gilles était là le même jour, ils auraient commencé à le soupçonner et… Et c'était juste un mauvais concours de circonstances !

— C'est évident ! raille Margon, fier de lui.

Gilles, toujours debout, toujours les poings faits, repart à l'assaut.

— Et toi ? C'est un secret pour personne que t'as essayé de coucher avec Julie et qu'elle a jamais voulu de toi !

— Parce que toi, t'as réussi à l'avoir peut-être ?! ricane Roland. Les seules fois où t'as dû tirer ton coup, c'est sans doute avec les chèvres de ton père !

L'aubergiste ne peut s'empêcher de rire. Le jeune homme se précipite sur le pharmacien, son père le retient *in extremis* par le bras.

— Vous êtes devenus fous, ma parole ! C'est pas en se battant qu'on va s'en sortir !

— Ton paternel a raison ! acquiesce Roland avec un rictus narquois. Pour une fois qu'il est sensé, tu devrais l'écouter !

Séverin envoie un regard haineux en direction de celui qu'il pensait être son ami.

— Et puis j'étais pas le seul à tourner autour de Julie, je vous signale !

— Oui, mais toi, tu la voyais presque tous les jours ! assène Séverin. Quand elle venait faire le ménage à la pharmacie !

— Et Hugues, alors ? Elle bossait aussi dans son resto au cas où vous l'auriez oublié ! Pourquoi vous le soupçonnez pas, lui ?

L'aubergiste avale son pinard de travers.

— T'es malade ! s'écrie-t-il. J'ai jamais touché à cette fille !

— Ça, je m'en doute ! ironise le pharmacien. Je vois pas comment t'aurais pu...

Hugues tient un couteau dans sa main droite. Il le serre soudain très fort, rêvant de le planter dans la gorge de l'apothicaire malfaisant.

— Je vais vous dire, les mecs, ajoute Roland sur le ton de la confidence, la petite Julie, je me la suis faite ! Et pas qu'une fois ! C'était quand je voulais... Alors je vois vraiment pas pourquoi je serais allé l'étrangler !

Ils restent médusés quelques instants.

— Maintenant, écoutez-moi bien : on va choper cette photographe et l'obliger à se taire. Je n'ai pas le choix, vous non plus. Le premier qui se dégonfle aura affaire à moi.

— Tu nous demandes de commettre un meurtre ! gémit Séverin.

— Un ou deux, qu'est-ce que ça change ? conclut froidement le pharmacien. On le fait, et ensuite, on oublie tout ça. Comme un mauvais rêve, vous voyez ? Quand on se réveille, on l'efface...

— On n'oubliera jamais, murmure l'aubergiste en secouant la tête.

Roland le saisit soudain par le col de sa veste, le soulève jusqu'à ce que ses pieds ne touchent plus terre. Il lâche son Opinel.

— Si jamais tu parles de ça à qui que ce soit, je te jure que tu le regretteras...

— Lâche-moi, putain !

— Je me ferais un plaisir de révéler à tout le monde le moindre de tes petits secrets...

Il le repose sur le sol.

— Et des choses embarrassantes, j'en sais beaucoup sur toi, si tu vois de quoi je parle... Tu veux peut-être que je te rappelle ce qui s'est passé, il y a deux ans ? Que je te rafraîchisse la mémoire ? C'était un lundi soir, je m'en souviens parfaitement !

— Espèce de salaud...

— J'en sais sur vous tous d'ailleurs, rappelle Margon en ramassant son barda. Alors vous fermez vos grandes gueules et vous me suivez. Y a une dame qui nous attend...

*
* *

— J'arrive pas à croire qu'on l'a eu, ce salopard ! exulte Rémy. Vous croyez qu'il est mort ?

Sarhaan pose la question à Eyaz.

— Non, répond ce dernier.

— Merde ! Je voudrais qu'il crève ! enrage Rémy.

— En tout cas, on a vengé Hamzat, conclut Sarhaan.

Eyaz acquiesce du menton. Il porte la prise de guerre à la ceinture de son pantalon. Le pistolet, avec un chargeur où il ne reste que cinq balles de gros calibre.

Ils s'octroient quelques minutes de repos. Important de ne pas atteindre l'épuisement. La soif et la faim les taraudent. Ils puisent depuis longtemps déjà dans leurs ultimes réserves.

Les aboiements lointains les poussent à se remettre en marche.

— Je me taperais bien une bière ! marmonne Rémy. Une bonne bière bien fraîche… Et un énorme jambon beurre ! Si je sors d'ici vivant, je vous paie un bon gueuleton, mes amis !

— Avec quoi ? raille Sarhaan.

— J'en sais rien, je me débrouillerai !

— Pourquoi t'es à la rue ?

— Parce que j'ai fait le con… J'ai couché avec la nana de mon patron. Il m'a viré et ma femme m'a mis dehors… Plus de boulot, plus de maison…

Sarhaan le considère en souriant.

— Ouais, t'as vraiment fait le con ! Elle était jolie au moins ?

— Qui ?

— La femme de ton patron !

Rémy hausse les épaules.

— Bof… Pas mal.

— *Pas mal ?*

Sarhaan rigole. Un rire puissant. Il traduit à l'attention d'Eyaz qui se marre à son tour. Tellement de pression à évacuer qu'ils riraient de n'importe quoi…

— T'es un drôle de type, toi ! dit-il à Rémy.

— Toi aussi ! T'es marié ?

— Oui. J'ai une femme, au pays.

— Des enfants ?

— Trois. Deux garçons et une fille…

Déjà ? s'étonne Rémy. Il semble si jeune, pourtant… Il a quoi ? La trentaine. Et déjà trois marmots ?

— Faut que tu les revoies… Faut absolument que tu les revoies ! Ça fait longtemps que t'es en France ?

— Six ans.

Rémy fronce les sourcils. Encore plus difficile d'avoir trois gosses ! Ou alors, il doit retourner en Afrique de temps en temps…

— Tu parles bien notre langue !

— Le français, c'est la langue officielle au Mali ! révèle Sarhaan avec un sourire narquois.

— Ouais, je le sais ! prétend Rémy. Qu'est-ce que tu crois ! Mais je trouve que tu parles vraiment bien… T'as été longtemps à l'école ?

— Non ! répond le Black. Pas très longtemps… Mais j'ai lu, beaucoup.

— Ah… Moi, j'ai jamais aimé bouquiner… Ça m'a toujours gonflé ! Bon, les gars, faudrait réfléchir à un plan maintenant, non ? On a un flingue, on a cinq balles… On a changé ces putains de règles du jeu ! Alors, qu'est-ce qu'on fait ?

*
* *

La pluie commence à tomber. Légère, douce, caressante.

Sylvain ne peut le savoir, enfermé dans son caveau humide et circulaire. Il navigue entre deux mondes ; entre la lumière et l'obscurité définitive.

Il s'accroche à quelques lambeaux de vie, quelques pulsations cardiaques.

C'est à cause de Julie, tout ça.

D'ailleurs, il la voit, flottant au-dessus de lui, dans sa jolie robe bleue. Elle a toujours aimé le bleu qui seyait à merveille à ses yeux.

Elle le fixe.

Il a beau tendre la main, il ne parvient pas à la toucher.

Elle ne fait aucun effort pour le rejoindre, se contente de le couver de ses yeux de lumière.

9

La pluie s'est calmée. Plus que quelques gouttes éparses. Mais les hommes savent bien que l'orage n'en restera pas là. Qu'ils ne viennent pas d'essuyer leur dernière douche forcée de la journée…

Cette maudite journée.

— Je crois qu'on se fatigue pour rien, soupire brusquement Séverin. Je crois qu'elle s'est noyée dans la rivière !

— *Tu crois ?* rétorque Roland Margon. Mais t'es pas sûr, hein ?

— Comment tu veux que je sois sûr ?!

— Moi, je dis qu'elle s'en est sortie ! Et je dis que si on lui met pas la main dessus, les gendarmes nous attendront ce soir à la maison pour nous coffrer !

— Même si elle est pas noyée, on n'arrivera jamais à la retrouver ! intervient Hugues.

Roland l'électrocute d'un simple coup d'œil. Cet œil noir, meurtrier.

— Je suis sûr de l'avoir touchée quand j'ai tiré. Elle est blessée, fatiguée. On va la rattraper.

À cet instant, ils voient arriver en face une silhouette familière. Marcel, un ancien du village, fusil cassé sur l'épaule, qui avance plutôt prestement pour son grand âge. Normal, en tant que conducteur de chiens de sang, il a de l'entraînement, habitué à marcher des heures durant sur la piste du gibier blessé qui s'est évaporé dans la nature, en compagnie de ses fidèles limiers.

Marcel leur adresse un signe, tandis que Katia se précipite joyeusement à sa rencontre. Poignées de main, banalités ; la pluie, l'orage, la dernière battue au sanglier ; la dernière recherche au sang ayant permis de retrouver et d'achever un cerf qui agonisait dans la forêt.

Marcel est fier de lui.

Margon s'impatiente, pestant de perdre ainsi son temps. Sauf qu'il faut sauver les apparences.

Il interroge le vieux, l'air de rien :

— T'as croisé quelqu'un, aujourd'hui ?

— Personne... Sauf une fille.

— Une fille ? répète Séverin Granet avec appréhension.

— Oui, y a dix minutes, un peu plus haut... Moi, j'étais assis et elle arrivait sur le chemin...

— Tu lui as causé ? demande Margon en essayant de paraître naturel.

— Non ! Quand elle m'a vu, elle s'est sauvée en courant !

Le patriarche rigole.

— Je sais pas, je lui ai fait peur ! Elle a détalé comme un lièvre !

Il crache son tabac chiqué par terre. Gilles se demande pourquoi le vieux n'est toujours pas passé à la clope. C'est tout de même plus pratique.

— On aurait dit qu'elle avait le feu quelque part ! ajoute encore le doyen.

— Sans doute ! répond le pharmacien. Allez, on y va !

— Vous rentrez pas ? s'étonne Marcel. Avec l'orage…

— On ne va pas tarder à faire demi-tour, assure Séverin. Mais on voudrait pas revenir bredouilles !

Ils font leurs adieux au vieux, reprennent leur progression.

Margon regarde Séverin et balance :

— Elle s'est noyée, tu disais ? Apparemment, elle est pas plus noyée que toi ou moi !

— Ouais, maugrée Granet. Heureusement qu'elle a pas parlé à Marcel !

— Elle a tellement les jetons qu'elle a dû croire que c'était l'un de nous ! Ou alors, elle a oublié ses lunettes !

Il sourit.

Il est bien le seul.

— En tout cas, elle est devant nous… Elle a un quart d'heure d'avance, pas plus. On la tient.

Hugues murmure, sans que personne ne l'entende :

— Aidez-la, Seigneur. Aidez-la, je vous en prie… Aidez-nous…

*
* *

— Ton idée n'est pas mauvaise, admet Sarhaan.

— Elle est excellente, tu veux dire ! proteste Rémy.

Le Black reste circonspect. Il traduit le plan du Français à Eyaz qui prend le temps de réfléchir à cette proposition. Finalement, il ne semble pas convaincu non plus.

— Je pense que le fou a dû prévoir ça aussi, finit par dire le Malien.

— Non ! assure Rémy. Non ! Il est certain qu'on va courir droit devant, sans s'arrêter, sans réfléchir. Jusqu'à ce qu'il nous rattrape et nous flingue ! Mais moi, je dis qu'il faut revenir sur nos pas pour retourner à son putain de château ! On rentre, on appelle les flics, on prend des fusils et on les attend ! Ou bien on pique les clefs d'une bagnole, celles du portail et on se casse !

Malgré la fatigue, il est surexcité. Échafaude des stratagèmes tous plus rocambolesques les uns que les autres. Se prend à rêver qu'ils vont s'en sortir avec les honneurs.

Qu'ils deviendront des héros ayant terrassé la lie de l'aristocratie. Qu'ils feront la une des médias, susciteront l'admiration des foules, recevront la médaille du courage.

Ou plus encore.

Le droit de vivre, dignement.

— Doucement, l'ami, réplique Sarhaan... Il y a forcément quelqu'un dans cette baraque ! Je te dis qu'il a tout prévu...

— On a un flingue j'te rappelle !

— Ouais... Mais ils peuvent être plusieurs gars armés... Et nous, on sait pas s'en servir de ce revolver !

— Eyaz, il sait, lui... N'est-ce pas, Eyaz ? *You know...* euh... Traduis, Sarhaan !

Le Malien pose la question au Tchétchène qui hausse les épaules en guise de réponse. En anglais, il explique que ce n'est pas bien sorcier d'utiliser un pistolet. Appuyer sur la détente est à la portée du premier venu, pense-t-il.

— Bon, s'impatiente Rémy, on y va ?

Sarhaan hésite encore. Il demeure prudent.

— Il reste un problème, dit-il enfin.

— Quoi ?... Quoi ?!

— Faut retrouver le chemin... Pas évident !

— On va y arriver... Je le sens !

Sarhaan consulte sa montre. Il a l'impression de fuir la meute depuis des jours et des jours.

Normal, il fuit depuis si longtemps.

La misère, le chômage, la maladie. Les keufs et les charters.

Sa vie n'est faite que de ça.

Mais cette fois, ce pourrait bien être l'ultime cavale.

Il emboîte le pas à Rémy et à Eyaz.

Heureusement qu'ils sont trois. Ce serait mieux s'ils étaient quatre.

Il repense à Hamzat. Il ne cesse d'y penser, de toute manière.

Est-ce parce qu'il s'était attaché à lui ? Est-ce de l'empathie ?

Ou bien seulement la peur de finir comme lui ?

— C'est beau, la Tchétchénie ? demande soudain Rémy. Euh... *It's nice, your country ?*

— La guerre, répond simplement Eyaz. Bombes, soldats russes...

Évidemment.

Rémy, qui a décidément besoin de parler, ajoute :

— Et le Mali, c'est comment ?

— Pauvre, résume Sarhaan.

— T'as pas envie d'y retourner ?

Sarhaan ricane.

— On dirait le ministre de l'Intérieur qui parle !

— Non, c'est pas ce que je veux dire ! s'offusque Rémy.

— Je sais, je rigole !… Si, bien sûr que j'ai envie d'y retourner. Quand j'aurai assez d'argent pour faire vivre correctement ma famille…

— Et là, ils vivent avec quoi ? Avec le fric que tu leur envoies ?

— C'est ça…

Sarhaan s'en veut de mentir ainsi. Mais il n'a pas le courage de dévoiler la vérité, beaucoup moins belle que son histoire.

— Tu sais, je t'aime bien ! ajoute Rémy. Et puis je trouve que ton prénom est vachement classe ! Sarhaan… Sarhaan…

— Ça veut dire libre en français.

Comme quoi, on ne porte pas toujours bien son prénom.

*
* *

Ses pas sont de plus en plus laborieux. Comme s'il manquait de l'huile dans les rouages. Comme si les bougies étaient encrassées.

Par trop de kilomètres.

Trop de boue.

De douleur.

Elle s'en veut tellement… Tout à l'heure, elle a aperçu un homme en kaki armé d'un fusil. Prise de panique, elle a bifurqué, s'enfonçant à toute vitesse dans l'épaisse forêt, persuadée qu'elle venait de tomber sur une sentinelle démoniaque. C'est en constatant que personne ne la suivait, qu'aucun coup de feu n'avait été tiré, qu'elle a réalisé sa méprise.

Il ne faisait pas partie du groupe, il aurait pu la secourir.

Il était sa chance, elle l'a laissée s'envoler. Ça lui coûtera peut-être la vie.

Il y a des erreurs qu'on paie plus cher que d'autres.

Elle a finalement réussi à rejoindre le sentier, mais sa petite incursion dans le sous-bois lui a valu une chute mémorable. Rien de bien méchant, sauf qu'elle s'est blessée à la cheville.

Une douleur supplémentaire dont elle se serait volontiers passée, qui risque de la ralentir davantage encore.

Il pleut fort, à nouveau. L'orage s'approche, s'éloigne. La menace, la nargue. Si seulement il pouvait foudroyer ses poursuivants !

Diane, déesse de la chasse. Traquée par des chasseurs.

Il y a quelque chose qui cloche.

Mais elle a toujours eu l'impression que quelque chose clochait dans son existence.

Peut-être est-ce héréditaire ? Elle ne peut s'empêcher de songer à son grand-père maternel, qu'elle n'a pas connu. Disparu avant sa naissance, alors qu'il était parti découvrir les chaînes de l'Himalaya. Un grand explorateur, son aïeul. Un aventurier.

Son corps n'a jamais été retrouvé, bien sûr. Et sa grand-mère a succombé au chagrin.

Mais non, elle ne veut pas que l'histoire se répète. Ne veut pas disparaître à son tour.

De temps à autre, elle consulte la carte abîmée par le bain glacé. La première route se trouve à des kilomètres. La première habitation, plus loin encore.

C'est si vaste que ça, les Cévennes ?

Elle est entrée depuis peu en plein cœur du Parc national. Peut-être aura-t-elle une deuxième chance ? Peut-être croisera-t-elle un de ces gardes qui sillonnent le secteur ? C'est samedi, mais… Elle n'a jamais autant rêvé de voir un mec en uniforme ! Ça devient un réel phantasme ! Elle se jetterait dans ses bras, s'évanouirait à ses pieds…

Mais pour le moment, elle n'a croisé qu'un chevreuil, peu disposé à l'aider. Et un chasseur qu'elle a confondu avec un tueur.

Si elle s'en sort, elle se promet de ne plus jamais porter de vêtements kaki de sa vie ! Une couleur qu'elle ne pourra plus supporter…

Elle a avalé sa dernière barre de céréales, son estomac réclame pitance. Ses muscles réclament du combustible. Elle n'a rien à leur donner.

Plus rien, sauf des litres de volonté.

Elle va chercher au fond d'elle-même les ressources nécessaires pour ne pas s'arrêter au bord du chemin. S'arrêter pour attendre la mort.

Elle s'allongerait volontiers dans l'herbe mouillée, laisserait le froid l'achever.

Pourtant, elle marche.

Pourtant, elle veut vivre.

Tu vas t'en sortir, Diane. Tu vas revoir la lumière.

Tu vas retrouver un bon plumard, bien confortable. Tu vas boire et manger autant que tu veux.

Tu vas rentrer chez toi, dans ton bel appart !

Tu vas revoir ta mère, ton père, ton frère, ta sœur.

Tu vas survivre.

Ton heure n'a pas sonné. Tu es bien trop jeune pour crever.

Peut-être qu'un jour, Clément reviendra. Et il faut que tu sois là pour l'attendre.

Oui, un jour il reviendra.

Et je serai là.

Julie disparaît. Elle s'évanouit dans les limbes imaginaires…

Sylvain lève le bras ; impossible de la retenir. Personne ne pouvait la retenir, l'apprivoiser. Elle était sauvage, elle était libre.

Trop, peut-être… La seule façon de la contrôler, c'était de la tuer.

Sylvain ferme les yeux. Son bras retombe sur sa poitrine.

Alors, son cœur cesse de lutter. Il part dans un tunnel sans fin.

Il part, vers une lumière inconnue… Bleue, comme les yeux de Julie.

10

Roland Margon a toujours apprécié les bonnes choses, les plaisirs de la vie terrestre ; la seule, de son point de vue.

Bonne chère, bon vin, belles femmes. La trilogie parfaite.

Sans oublier la chasse. Et bien sûr, l'argent.

Le reste, ce sont des conneries de curé ou d'intello coincé.

Il est devenu pharmacien parce que son père l'était avant lui. Destin télécommandé ; reprendre l'officine du paternel, s'enrichir à son tour : il est des chances qu'on ne peut laisser filer. La maladie ne passera jamais de mode, il n'est pas près de mettre la clef sous la porte ! En plus, dans le bourg, il est le seul à exercer cette belle profession ; aucun problème de concurrence. La situation idéale.

Des études à Montpellier, un peu plus longues que prévues ; autant profiter de sa jeunesse, de la vie étudiante sponsorisée par ses parents. Nuits blanches, came, alcool, conquêtes faciles.

Ensuite, retour au pays et quelques années à seconder son vieux, juste le temps de le pousser aimablement vers la sortie.

De fils de notable, il est devenu notable à son tour. Un métier qui inspire le respect, qui sous-entend une érudition particulière.

Une épouse charmante, deux gosses sans histoire, une très belle bagnole, une baraque d'architecte avec tout le confort moderne, qui se remarque dans le paysage ambiant.

Une magnifique collection d'armes.

Une aventure extraconjugale de temps à autre quand la routine se fait pesante.

La chasse, son passe-temps favori. Sa passion.

Une tradition dans la famille, dans le pays. Et les traditions, ça se respecte. Surtout, celles qui sont utiles pour justifier l'injustifiable. Parce que des traditions perdues, il y en a des tas, dont tout le monde se fout éperdument.

Une vie parfaite, en somme…

Vue de l'extérieur, en tout cas. Un joli tableau, une belle peinture. À condition de ne pas gratter la surface… De ne pas enlever le vernis qui cache la désolation, l'usurpation.

Pourquoi boit-il ? Quel est donc cet ennui à tromper ? Ce manque à combler ? Ce vide à remplir par un peu trop d'alcool ?

Il n'a jamais voulu s'avouer qu'il était alcoolique. Dépendant. Après tout, il demeure parfaitement capable d'exercer son métier, il n'est jamais vraiment ivre.

Il ne s'est jamais écroulé devant un comptoir ou sur un trottoir.

N'a jamais beuglé *la Marseillaise*, à poil sur la table du bistrot.

Ne s'est jamais fait choper par les képis alors qu'il conduisait avec trois grammes.

N'a jamais connu la cellule de dégrisement.

Roland a juste besoin de boire.

Chaque jour. De plus en plus.

Le petit blanc le matin, le vin midi et soir ; avec, entre les deux, le rituel de l'apéro… Une tournée, puis une autre. Simple politesse, savoir-vivre élémentaire.

Une dose quotidienne qui le détruit lentement, mais sûrement.

Et cette violence, sournoise, silencieuse, qui le submerge parfois.

Pourquoi bat-il sa femme ? Ses gosses ?

Ces questions, Roland Margon évite soigneusement de se les poser, de peur de glisser sur une pente savonneuse… Dangereuse. De chuter dans un abîme dont il ne remontera pas.

Ces questions, Margon les élude avec acharnement. Avec minutie. Trouvant prétextes, mensonges et alibis.

Il ne boit pas ; il est juste un bon vivant qui aime à se détendre avec les copains autour d'un verre.

Il ne bat pas ses enfants, les élève juste avec la rigueur nécessaire. D'ailleurs, lui-même n'a-t-il pas reçu pareil traitement étant gamin ? Il ne s'en porte pas plus mal aujourd'hui !

Son père lui a donné l'exemple, lui qui savait soigner les plaies, celles qui saignent. Les seules qui existent. Un peu d'alcool, du coton, un pansement.

Pour les autres, celles qui ne se voient pas, il ne connaissait aucun remède, l'amour, la tendresse ou l'écoute ne faisant pas partie de son arsenal médical.

Non, Roland Margon ne maltraite pas ses enfants, il ne les terrorise pas. Il les guide en bon père de famille. Veillant à ce qu'ils poussent droit et ne manquent de rien.

Quant à sa femme, c'est elle qui a cherché les quelques gifles reçues. Pas grand-chose, une simple manifestation de l'énervement, de la fatigue, après une journée de travail bien remplie.

Oui, c'est elle qui cherche. Chaque fois.

Alors qu'il lui a toujours donné ce qu'elle a voulu… Fringues, chaussures, bagnoles, bijoux, fourrures. Une cuisine high-tech et même une femme de ménage.

Pourquoi le provoque-t-elle, alors ? Il n'a jamais compris. N'a jamais voulu comprendre.

À quoi bon ?

D'ailleurs, elle serait déjà partie s'il était un mauvais mari. Si ça ce n'est pas la preuve !

Une vie parfaite, en somme… Où rien ne semblait pouvoir le déstabiliser.

S'il n'y avait pas eu la petite Julie. La belle Julie.

Il avait accepté de l'embaucher quand elle cherchait quelques heures de ménage pour se faire un peu d'argent. Comment lui dire non ?

Chaque soir, il la regardait à la dérobée, tandis qu'elle s'affairait dans l'officine, tout en chantonnant.

Chaque soir, il la convoitait en silence.

Chaque soir, il imaginait… qu'un jour, elle serait à lui, ne serait-ce que pour quelques heures.

Parfois, elle lui souriait, bavardait avec lui, avec une politesse d'employée modèle.

Rien d'autre.

Il a bien essayé de l'approcher, comme on approche le gibier après être resté un moment à l'affût.

Mais ses tentatives se sont toujours soldées par un échec cuisant.

Intouchable, la sublime Julie.

Inaccessible sur son piédestal.

Forteresse imprenable, sauf par la force.

Alors, il est devenu maître chanteur.

Tu veux garder ton boulot ? Tu veux une augmentation ? Alors il faut que tu me donnes quelque chose en échange.

Ça lui a fait mal d'en arriver à ces extrémités. De descendre si bas. Ça a porté un sérieux coup à sa virilité. Mais il était prêt à tout pour qu'elle lui sorte de la tête.

Il paraît que tout s'achète.

Tout ?

Pas Julie. Incorruptible.

Encore une tentative ratée. Sauf qu'il venait de commettre un faux pas.

Non seulement elle a refusé, mais elle a osé le menacer. D'aller tout répéter à sa femme, à ses gosses. À tout le village. D'aller le crier sur les toits. D'aller informer la population de ses incartades. Elle savait des choses, Julie. Connaissait certaines de ses infidélités.

Comment ? Un mystère…

Margon est un homme respectable, respecté. Mais il sait que l'équilibre de sa vie ne tient à rien. Une simple petite brise et… le château de cartes s'écroule.

Julie a exigé du fric en échange de son silence.

Finalement, c'est lui qui a eu peur.

Finalement, c'est lui qui a payé.

Intolérable humiliation.

Mais maintenant, il n'a plus à débourser le moindre centime.

Le dernier euro que lui a coûté Julie, c'est une participation à la gerbe de fleurs posée sur sa tombe.

La moindre des choses.

Maintenant, il ne lui reste plus qu'à effacer du paysage un témoin gênant et tout rentrera enfin dans l'ordre.

Il pourra reprendre le cours normal de son existence parfaite…

11

14 h 00

— Putain, j'ai une de ces fringales ! bougonne Rémy.

— Moi aussi ! avoue Sarhaan en écho.

Eyaz lui, n'a pas faim. Indigestion de chagrin, sans doute.

— On peut pas se trouver un truc à manger ? continue le Malien.

— Quoi ? Tu veux bouffer des racines ? L'écorce des arbres ? Tu veux qu'on descende un cerf avec le flingue et qu'on fasse un méchoui ?!

Sarhaan rigole. Il arrive encore à rire, tandis que les deux autres n'en ont plus la force.

— On pourrait peut-être manger une plante, suggère-t-il. Tu connais pas les plantes comestibles ?

— Non, mon vieux ! Je suis pas horticulteur ! On pourrait trouver des champignons, à la rigueur... Mais bon, je les connais pas non plus... Si on croque une amanite, on est mal !

Il se prend à rêver d'une omelette aux cèpes, en salive abondamment.

Il a l'habitude de crever la dalle. Sauf que d'ordinaire, il ne court pas le marathon dans la capitale !

Cavaler, ça creuse.

Si au moins ils trouvaient de l'eau potable. Ils ont bu dans la dernière mare qu'ils ont croisée. Drôle de goût... un goût de vase. Un goût de chiottes.

Dégueulasse mais mieux que rien.

Soudain, la brise légère leur chuchote un bruit familier. Celui des chiens qui hurlent.

Ils ne sont jamais très loin.

Ils ne sont jamais à l'abri.

Sauf que maintenant, ils sont armés eux aussi.

Un flingue pour trois. Cinq balles pour trois vies.

C'est mince, mais ça les réconforte un peu.

Et puis il y a l'amitié qui se noue entre eux. Ils ne se connaissent pas, pourtant. Mais les circonstances accélèrent les choses.

Devenir frères d'armes, ça tisse des liens. Lutter contre un ennemi commun, ça gomme les différences.

Cependant, Rémy aimerait avoir le pistolet à sa ceinture plutôt que de le savoir porté par Eyaz. Le lui arracher de force ? Il y a songé mais n'est pas passé à l'acte. Il y songe encore d'ailleurs... Ça le rassurerait de sentir ce morceau de métal contre sa peau. Ça lui filerait du courage. Lui ferait peut-être oublier un peu la peur, la faim, la soif. La fatigue, la douleur.

Le pire, ce sont ses pieds, deux monstrueuses ampoules.

Soudain, il a honte de s'apitoyer ainsi sur son sort.

Soudain, il songe à Hamzat, au fond de l'étang.

Lui, au moins, n'a plus mal. Ni faim, ni soif... ni peur.

*
* *

124

Son rythme a changé. Elle a beau essayer, Diane ne parvient plus à accélérer.

Néanmoins, elle arrive encore à avancer, se surprenant elle-même.

Ce fameux instinct de survie qui permet d'aller bien au-delà des limites imposées par le corps.

Elle ne marche plus avec ses jambes ; mais avec sa tête, ses tripes, ses nerfs. Avec son espoir et sa peur.

Il y a bien un moment où elle va s'écrouler. Renoncer, tomber à genoux...

Mais cet instant n'est pas encore là. Elle se bénit de n'avoir jamais négligé son entraînement sportif. D'avoir toujours pratiqué jogging, marche, natation.

Sinon, elle serait morte, déjà.

Sinon, ces salauds auraient gagné.

Et eux, jusqu'où tiendront-ils ?...

Qui sera le plus endurant ? Eux ou moi ?

Elle arrive brusquement à une intersection. Elle s'arrête, sent immédiatement la douleur enfler dans ses jambes, comme un poison remontant doucement jusque dans son cœur. Surtout ne pas s'asseoir.

Elle consulte la carte ; ces deux sentiers mènent au même endroit. Vers la seule route, le seul hameau. Mais quel est l'itinéraire le plus court, le plus facile ?

Celui de droite, apparemment. Même si les deux promettent une importante dénivelée.

Même si le plus dur reste à faire...

*

* *

— Vous voyez ce que je vois ? murmure Rémy.

Ils s'arrêtent, clignent des yeux. Ils avaient bien entendu ce merveilleux gazouillis de l'eau fraîche, mais pensaient à un mirage sonore. Pourtant, c'est bien une source captée, au cœur d'un charmant écrin de verdure et de mousse.

— Génial ! dit Sarhaan.

Ils se précipitent vers l'eau bénite, mais Eyaz les retient. Il déblatère quelques mots en anglais, Rémy fronce les sourcils.

— Il dit que c'est dangereux, traduit Sarhaan. Que c'est peut-être un piège…

— Un piège ? C'est juste une fontaine, putain ! Vous êtes paranos, les mecs ! Faut profiter de l'aubaine, parce que les fumiers sont pas loin derrière !

Rémy prend la tête du cortège, après avoir tout de même scruté les parages d'un œil attentif. Il s'approche de l'abreuvoir en pierre, alors que la végétation lui monte jusqu'aux genoux.

Dommage qu'ils n'aient pas pensé à installer une table, des chaises et un distributeur de ces saloperies bien caloriques. Ou une baraque à frites.

Plus que deux pas et il pourra enfin se désaltérer à une eau pure, limpide, féerique.

Il sent quelque chose de dur sous son pied gauche, entend un claquement terrifiant…

*
*   *

Arrivés à l'intersection, les chasseurs s'arrêtent.

— J'en ai plein les bottes, soupire Granet junior.

— Elle a dû prendre à droite, c'est le chemin le plus direct pour rejoindre la route, présume Roland. Alors nous, on va prendre à gauche…

— Ah bon ? s'étonne Hugues.

— Ben oui ! Le raccourci, il est pas sur les cartes, elle peut pas le connaître. Nous, on va l'emprunter et du coup, on arrivera avant elle et on n'aura plus qu'à l'attendre en haut... Elle va marcher droit sur nous !

— Attends, intervient Séverin, rien ne nous dit qu'elle est pas partie à gauche et qu'elle va pas bifurquer vers la mare de la Louve...

— Et pourquoi elle irait là-bas ? s'emporte le pharmacien. La seule chose qu'elle veut, c'est trouver une route, un village ! Elle cherche du secours ! Je vois pas pourquoi elle redescendrait vers la Louve... C'est débile ! Et elle est pas débile, loin de là...

— Justement, elle a peut-être décidé d'aller où on ne pense pas qu'elle ira, ajoute Gilles d'un ton qui se croit sagace. Pour nous perdre... Nous, on va au village et elle, elle redescend par la Louve...

Roland soupire.

— T'as vu les traces de pas ?

Ils baissent tous la tête.

— C'est peut-être pas les siennes ! argumente l'aubergiste.

Margon pose son pied à côté de l'empreinte dessinée dans la boue, sur le sentier qui monte à droite.

— Tu vois bien que c'est une petite pointure, non ? C'est donc une chaussure de gonzesse ! Et je crois pas qu'il y ait beaucoup de femmes sur le sentier aujourd'hui !

Les trois autres ne trouvent rien à redire.

— Heureusement que je suis là, ronchonne Margon. Vous êtes vraiment trop cons...

Sur ces belles paroles, il reprend la tête des opérations, au pas de gymnastique. Ses lieutenants le suivent, silencieux, amers.

Dire que la veille, ils étaient les meilleurs amis du monde…

*

* *

Clac.

Les mâchoires métalliques viennent de se refermer sur sa jambe.

Rémy hurle, s'effondre sur lui-même comme un tas de chiffons.

Les autres hésitent un instant. Le Tchétchène prend un bâton pour écarter les hautes herbes, Sarhaan marche juste derrière lui. Ils arrivent enfin jusqu'à Rémy qui se tord de douleur.

— Eyaz avait raison, murmure Sarhaan. C'était bien un piège…

— Rien à foutre qu'il avait raison ! gémit Rémy. Sortez-moi de là, merde ! J'ai mal…

— Calme-toi, le prie Sarhaan. Calme-toi… On va essayer de te libérer. Faut pas que tu bouges…

Rémy se met à pleurer, la souffrance ouvrant les vannes lacrymales.

— Putain, magnez-vous ! C'est insupportable !

Les deux autres s'accroupissent, saisissent le piège chacun d'un côté. Ils parviennent à écarter un peu les mandibules d'acier, mais Eyaz lâche prise après s'être planté une dent dans le doigt. Rémy braille de plus belle. Deuxième morsure qui s'enfonce jusqu'à l'os, sans doute.

Il porte les mains devant son visage déformé, tente de se bâillonner. Continue de gémir.

— Il faut que tu tires ta jambe quand on te le dira, précise Sarhaan.

Rémy respire un grand coup.

— C'est parti…

Deuxième tentative.

— Vas-y !

Rémy rampe sur le sol, extirpant son mollet du piège infernal, mais son pied ne passe pas. Ses deux sauveteurs maintiennent leur effort, essayant d'ouvrir un peu plus les deux parties de l'engin de torture. Rémy parvient enfin à se libérer. Il reste allongé sur le dos, rongeant toujours sa main pour s'interdire de hurler. Immédiatement, Eyaz déchire le pantalon du blessé, grâce au couteau suisse. Il trempe le morceau d'étoffe dans l'eau froide, l'applique sur la profonde blessure.

Piètre pansement.

— Je vais crever ! Je vais crever…

Sarhaan et Eyaz étanchent leur soif, traînent leur ami jusqu'à la fontaine pour qu'il boive à son tour.

— Maintenant, faut repartir, dit Sarhaan. Ils approchent…

— Je peux plus marcher…

— Si, tu peux ! décrète le Black en le relevant de force. Tu dois marcher !

À peine Rémy pose-t-il un orteil sur le sol qu'il manque de s'évanouir.

— Je peux pas… Je peux plus… Cette saloperie a dû me péter la jambe…

Eyaz se positionne sur sa gauche. Le voilà flanqué de deux gardes du corps.

Le voilà obligé de continuer. De se battre pour ne pas ralentir ses amis.

Tellement longtemps qu'il n'avait plus d'amis…

*
* *

Ça monte de plus en plus.

Diane ralentit encore.

L'impression d'escalader un mur, une paroi.

La pluie s'est à nouveau invitée dans la partie ; la boue rend le sentier glissant, réduisant encore sa vitesse. Mais eux aussi, sans doute seront-ils freinés.

Ce ne sont pas des surhommes, Diane ! Même pas des sportifs si ça se trouve ! Seulement une bande de poivrots.

Toi, tu marches pour sauver ta vie.

Eux aussi, finalement…

Eux, qui prennent toute la place dans son esprit. Qui l'obsèdent et doivent continuer à l'obséder. Ne pas cesser de penser à eux, pas une seconde.

Là, sur ses talons, le danger. Comme un souffle fétide sur sa nuque, un affreux chuchotement dans ses oreilles.

Un pic à glace dans son dos.

Heureusement, de temps en temps, d'autres visages essaient de s'imposer sur le devant de la scène. Réconfortants, doux…

Celui de Clément, jamais oublié dans ses moindres détails, ses moindres expressions. Quand il riait, la taquinait ou lui susurrait à quel point il l'aimait.

Jamais oublié, même si ça fait déjà deux ans qu'il est parti sans laisser d'adresse.

Les images de leur rencontre, les sensations, identiques sept ans après. Toujours aussi fraîches dans sa mémoire, dans sa chair.

Et puis, le visage de ses proches. Eux qui auraient tant de mal à supporter de ne plus jamais entendre parler d'elle.

S'ils te rattrapent, ils te tueront. Mais personne, jamais, ne retrouvera ton cadavre. Ils t'enterreront en pleine forêt, te jetteront dans un aven sans fond, dans une mine désaffectée.

Ils te feront disparaître et personne, jamais, ne saura ce que tu es devenue.

Quoi de pire que l'incertitude ?

Quoi de pire que de ne même pas avoir un lieu pour se recueillir ?

Quoi de pire que de se demander, depuis deux longues années : pourquoi tu es parti ?

Pourquoi m'as-tu abandonnée ?

12

Le jour de ses dix ans, son père lui a mis un fusil entre les mains.

À l'âge où la plupart des gamins reçoivent d'inoffensifs joujoux, lui a reçu une arme chargée.

Depuis deux ans déjà, il accompagnait son paternel à la chasse. Ce jour-là, il avait gagné le droit de ne plus être simple spectateur. Le droit d'ôter la vie, à son tour. Et non plus seulement de ramasser le gibier abattu.

Patiemment, son géniteur lui a expliqué toutes les ruses, les tactiques, les mortels stratagèmes.

Lui a démontré comment l'intelligence humaine peut venir à bout de la force, de la vitesse ou de l'instinct de n'importe quel animal sauvage.

L'intelligence et des armes sophistiquées, bien sûr.

Mais pour fabriquer de tels engins de mort, ne faut-il pas posséder une intelligence supérieure ?...

Patiemment, son vieux a fait de lui un tueur parfait.

Battues, chasse à l'affût, grande vénerie à cheval. Il a tout essayé, tout aimé.

C'est devenu une drogue.

Intraveineuses de sang frais, shoots de tueries.

Sauf que ces camés-là, on les respecte. On ne les met pas au ban de la société, non.

Pour preuve, les curés ne bénissent-ils pas les équipages, les meutes et les chevaux avant leur départ ?...

Il était tellement passionné, tellement dépendant, qu'il en a fait son métier.

Organiser des safaris en Afrique, une idée pas très originale, mais toujours juteuse. Surtout quand l'Europe commence à manquer cruellement de grand gibier. Quand les règles s'y font un peu plus strictes.

Peu importe, il existe encore des endroits où la faune est abondante. Ou presque.

Et où règne une liberté fort appréciable.

De vastes zones à vampiriser, des espèces entières à exterminer méthodiquement.

Hippotrague et panthère en Centrafrique, buffle et impala en Tanzanie, springbok en Afrique du Sud, lion au Bénin, éléphant au Botswana, crocodile et hippopotame au Mozambique.

Avec 4×4, guides, pisteurs et porteurs. Noirs, bien sûr.

Bungalows confortables, équipés de salles de bains attenantes, climatisation ; tout le confort moderne.

Cuisinier européen aux fourneaux, pour ne pas être trop dépaysé.

Parce qu'on n'est pas des sauvages.

Avec l'assurance de rapporter de magnifiques trophées à accrocher au-dessus de la cheminée, pour décorer la maison de campagne, épater les amis. Étaler son fric.

Des trophées dont certains entreront peut-être dans le livre des records, un *must*.

La plupart des clients venaient seuls, mais certains arrivaient en famille, pour d'inoubliables vacances de rêve...

Bien saignantes.

En souvenir, ils rapportaient une belle photo du gibier vaincu, à terre ; les gosses autour, fiers de papa.

L'épouse qui regarde son mari avec admiration, exaltation. Ce grand chasseur blanc, ce divin explorateur, ce courageux aventurier...

Il a ensuite appris à maîtriser parfaitement toutes les armes, toutes les méthodes de chasse ; piégeage, arc, arbalète, fauconnerie. Au Canada, en Asie, en Amérique du Sud...

Tour du monde du massacre organisé.

Un globe-trotter de la boucherie.

Un mercenaire du carnage.

C'est au cours de l'un de ces safaris en terre promise que l'idée a germé.

C'est venu naturellement, en observant les clients. En autopsiant leurs instincts, en écoutant les siens aussi.

C'est venu un beau jour de décembre, quand certains participants se sont amusés à pourchasser quelques Noirs avec leurs fusils, à les mettre en joue.

Pour se divertir, se détendre. Sans penser à mal. Juste pour se marrer entre potes.

Parce que le gibier n'était pas au rendez-vous...

Il fallait bien calmer leurs nerfs, leur en filer pour leur argent.

Personne ne s'en est offusqué. Pas même les malheureux faux gibiers. Ceux qui n'ont pas suivi le mouvement ont assisté à la scène d'un œil bienveillant.

Un jeu, rien de plus. Une mascarade, une parodie.

Là, il s'est dit qu'il pouvait gagner plus de fric. En amasser un maximum en seulement quelques saisons. Et prendre sa retraite avant l'heure.

Une retraite dorée.

De retour en France, il a commencé à réfléchir. Aux moindres détails.

Ça pouvait paraître un songe, au départ. Un roman de science-fiction ou du moins d'anticipation… Une chose inimaginable, incroyable.

Mais non, ce n'était pas un rêve.

Il lui a suffi, là aussi, d'observer autour de lui. De disséquer la société qui l'entourait.

La loi du marché, c'est l'offre et la demande.

Il avait les deux à portée.

Des clients prêts à débourser des sommes faramineuses pour participer à *la* chasse. Celle de leur vie. L'ultime.

Pour braver les interdits, en toute sécurité. Pour vivre une aventure grandiose, intense, inoubliable.

Quant aux gibiers, ils étaient encore plus nombreux. Il n'y avait qu'à se baisser pour les ramasser.

Ces types dans la rue, qui n'intéressent plus personne depuis des lustres. Rayés des listes, effacés des cartes, méprisés des statistiques, tombés dans l'oubli, comme dans un puits sans fond.

Victimes de l'amnésie collective.

Ces immigrés sans papiers qui se cachent, se camouflent, se terrent. Comme des animaux, justement. Qu'il est facile de déloger de leurs terriers.

Il lui suffisait juste de faire son marché, aux bons endroits, aux bons moments. D'acheter ou de voler sa marchandise.

Avec un principe de base, auquel il n'a jamais dérogé : pas de femme, pas d'enfant. Uniquement des hommes valides, dans la force de l'âge.

Ça aurait gâché le plaisir, autrement.

Le monde est ainsi fait, qui ne changera jamais.

Les chasseurs d'un côté, les proies de l'autre.

13

14 h 30

Le Lord chevauche à gauche de l'Autrichienne, lorgnant de temps à autre ses jambes, sa chevelure, sa poitrine ; sa gorge, aussi. Bizarre, cette envie de serrer ses mains dessus.

Violence, mort et plaisir ont toujours été intimement liés, pour lui…

Ils sont près du gibier, il le sent. Tout comme les chiens, truffe collée au sol, qui s'excitent au bout de leur laisse. Le Lord les a tout spécialement dressés à ce genre de vénerie ; un travail de longue haleine, de patience.

Pour l'instant, il ne les a pas lâchés, histoire de faire durer le suspense. Mais il est temps d'abattre un deuxième fuyard. De redonner un peu de tonus à cette traque hors du commun.

Arrivé à proximité de la fontaine, il met pied à terre, s'approche prudemment des trois pièges disposés de part et d'autre du point d'eau. Il les inspecte, tour à tour, et son éternel sourire s'élargit brusquement.

— Il y a du sang sur celui-ci ! annonce-t-il avec emphase. Ils sont passés par là il y a peu et l'un d'entre eux s'est fait avoir !

Les invités saluent bruyamment cette excellente nouvelle. Le prochain sur la liste sera bientôt à eux. Les paris vont bon train pour deviner lequel des trois a posé le pied au mauvais endroit.

Lequel des trois sera le prochain à mourir.

Seul Sam Welby, le client anglais, demeure muet. Il n'a quasiment pas ouvert la bouche depuis le matin, alors qu'il parle parfaitement le français. Le Lord, tout en remontant en selle, le percute d'un regard inquisiteur ; ce comportement peu enjoué lui semble pour le moins suspect. Quelques doutes lui viennent à l'esprit. Et si… ? Si ce type n'était pas un *vrai* client ? Mais que pourrait-il être d'autre ? Pour prendre part à ces chasses bien particulières, il faut être parrainé par quelqu'un ayant déjà participé. Malgré cela, le Lord enquête toujours minutieusement sur ses invités potentiels. Et il n'a rien trouvé de louche sur ce Sam Welby qui n'appartient pas à Scotland Yard ! Mais sait-on jamais ?

L'Anglais, se sentant dévisagé, tourne la tête et caresse l'encolure de son cheval.

— N'oubliez pas qu'ils sont armés, rappelle le Lord. Ouvrez l'œil !…

Il ordonne de lâcher les chiens.

*
* *

Le cortège s'étire.

Roland Margon, toujours en tête, garde un bon rythme, même s'il commence à peiner. Derrière lui, Séverin Granet, visage fermé, tête basse.

138

Vingt mètres plus loin, Hugues et Gilles, visiblement épuisés, qui se traînent mais font leur maximum pour ne pas se laisser distancer.

Soudain, Gilles s'adresse à l'aubergiste, à voix basse.

— C'est quoi cette histoire qu'a balancée Margon, tout à l'heure ?

— De quoi tu parles ?

— Du truc qu'il sait sur toi… Ce lundi soir…

— Qu'est-ce que ça peut te foutre ? Mêle-toi de tes affaires !

— Mais je veux juste savoir si…

— J'te demande, moi, ce que tu foutais dans le coin où ils ont retrouvé la Julie étranglée ?

— T'énerve pas…

Hugues accélère le pas, histoire de s'éloigner du curieux.

Maudite soirée du 27 avril… Il rentrait chez lui, il avait trop bu. Comme souvent d'ailleurs. L'apéro avec Margon, une énième tournée.

Le gosse à vélo, il ne l'a vu qu'au dernier moment. Au moment où sa bagnole l'a percuté et envoyé dans le décor. Faut dire qu'il n'avait pas de lumière, aussi. Pas très prudent.

Pas vraiment sa faute, non. Même à jeun il ne l'aurait pas vu.

Après le choc, il a eu peur, ne s'est même pas arrêté.

Il s'est sauvé.

Minable.

Le lendemain, il est allé voir Roland à la pharmacie. Il venait d'apprendre le drame. La mort du jeune garçon. Ce môme qu'il connaissait, en plus.

Il s'est confié à son ami, lui a dit qu'il avait l'intention de se rendre. Margon a su l'en dissuader. Il se souvient encore précisément de ses paroles.

De toute façon, le gamin, il est mort. C'est pas en allant en taule que tu vas le ressusciter ! C'est pas en te sacrifiant que tu vas le ramener... Si tu vas voir les gendarmes, tu vas tout perdre. Tout ce que tu as...

Hugues l'a écouté, ce salaud.

Mais qui l'y a forcé ?

En allant voir Margon, il savait d'avance ce qu'il allait entendre.

Justement ce qu'il *voulait* entendre. Il avait simplement besoin de se confesser, de soulager sa conscience bien trop lourde.

Et l'abbé Margon lui a donné l'absolution.

Amen.

Un peu plus haut sur le sentier, Séverin se retourne pour observer Junior, vérifier qu'il est toujours là. Qu'il n'est pas tombé dans les pommes ou dans le ravin. Puis il reprend son éprouvante ascension.

Ce ne sont ni la pluie ni la boue qui la rendent éprouvante.

Ni même l'effort physique ou les kilomètres parcourus depuis le matin.

Car Séverin Granet, même s'il approche de la cinquantaine, ne craint pas de marcher des journées entières dans ses chères collines cévenoles. Dans son pays.

C'est surtout pour cela qu'il apprécie la chasse. Pour ce contact direct, tactile, concret, avec la nature, les éléments, la vie.

Il connaît chaque mètre carré de cette région où s'ancrent profondément ses racines. Connaît mieux que personne les paysages, les arbres, les fougères, les genêts. Les signaux du ciel, les caprices du vent, les souffrances de la terre. Les animaux peuplant ce paradis sauvage, abrupt. Leurs habitudes, leurs forces, leurs faiblesses, leurs instincts.

Non, ce qui rend cette ascension difficile, c'est son but.

Macabre.

Ce sont les questions qui le taraudent à chaque pas un peu plus violemment. Qui s'accrochent à ses basques, comme un fardeau.

Or, il sait qu'il n'a pas le choix. C'est Roland qui a raison. Forcément.

Roland a toujours raison, de toute façon.

Granet a de tout temps éprouvé un profond respect envers lui. Un type qui a réussi de brillantes études mais a choisi de revenir au pays et qui, surtout, a gardé les mêmes habitudes, les mêmes copains. Ne reniant jamais ses origines.

Déjà, quand ils étaient gosses, Séverin admirait l'intelligence de son ami. Doué dans toutes les matières, s'exprimant avec une étonnante facilité, Margon n'en était pas moins devenu un meneur, le chef de leur petite bande.

Un gosse puis un ado qui plaisait aux filles, aux instituteurs, aux profs et même aux parents. Qui jouait talentueusement sur le registre de la séduction, cachant avec brio la part sombre de sa personnalité. Celle d'un être violent, cruel, cynique et brutal. Séverin a très tôt entrevu cette facette, sans chercher à la découvrir vraiment, pleinement, ne tenant pas à ce que le masque tombe.

Quelqu'un capable de martyriser un animal, de lui infliger les pires tourments ; pour assouvir une pulsion, ou simplement pour s'amuser, voir la souffrance, la disséquer, l'explorer.

Capable d'humilier les plus faibles, de les acculer dans leurs derniers retranchements, de les pousser dans le vide afin de les regarder tomber.

Capable de manipuler son entourage avec une incroyable aisance, un aplomb à toute épreuve.

Et Séverin, toujours, l'avait suivi. Simple spectateur, la plupart du temps. Complice, parfois, de ces jeux sadiques.

Parce que Margon, ce n'est pas seulement ce sale type pervers et malveillant ; c'est aussi celui sur qui l'on peut compter, qu'il pleuve ou qu'il vente. C'est un mec drôle, généreux le plus souvent, plein de bon sens et de logique.

Alors oui, Séverin l'a toujours suivi.

Sauf à la fac bien sûr. Après le lycée, Granet est retourné travailler à la ferme familiale. Car il lui était inconcevable de faire autre chose dans la vie. Il ne nourrissait aucune autre ambition. Des mains et une âme de paysan... mais aux côtés de ses parents, il a su faire prospérer l'exploitation, diversifiant les activités, modernisant les installations, augmentant les bénéfices.

Des mains et une âme de paysan, oui ; mais une intelligence terrienne, pratique, méthodique, l'ayant conduit à une belle réussite.

Et une robustesse à toute épreuve. Le travail ne l'a jamais effrayé ou découragé. La rudesse de son existence non plus.

Il s'est trouvé une épouse parfaite, sculptée dans le même bois que lui, courageuse et dévouée, aimant la terre, ne craignant ni le froid, ni l'inconfort, ni l'esclavage que représente ce métier. Une épouse qui lui a donné deux enfants ; une fille et un garçon, l'équilibre idéal.

Qui jamais ne se plaint. Comme lui.

Qui l'a soutenu sans faillir quelles que soient les circonstances. Dans ses succès, ses échecs, ses doutes.

Et puis, dans sa vie, il y a Roland, toujours fidèle, malgré leurs différences. Roland, qui ne l'a jamais lâché…

Alors, comment ne pas le suivre aujourd'hui ? Comment le trahir ?

D'ailleurs, comment faire autrement ? Détruire leur vie, leur famille ? Anéantir tout ce qu'ils ont patiemment construit ?

Il n'a rien contre cette femme, cette photographe ; qui se trouvait juste au mauvais endroit, au mauvais moment.

Au moment de l'accident. Car ce n'est qu'un accident et rien d'autre. Stupide.

Terrible. Tragique.

Séverin espère encore. Qu'à l'instant où leur chemin croisera à nouveau celui de Diane, une autre solution s'offrira à eux. Qu'ils pourront l'épargner.

Mais il ne peut faire demi-tour ou retenir Margon.

Supporter l'enfermement en prison, lui qui a toujours vécu en pleine nature ? Supporter l'opprobre sur ses épaules ?

Le meurtre de Sylvain, ils le paieront très cher s'ils sont arrêtés.

Au juste prix.

Même si ce salaud méritait de crever…

Au fait, méritait-il de finir au fond d'un puits ? Était-il vraiment coupable de l'assassinat de Julie ?

Les questions fusent, encore et encore, qui alourdissent son pas.

Son fils qui rôdait justement dans le coin, sans raison particulière, le jour du meurtre… Qui ne sait pas y faire avec les femmes, alors qu'il approche de ses vingt ans.

Margon qui tournait autour de Julie comme une mouche autour d'un pot de miel... Qui n'a pas l'habitude qu'une belle lui résiste.

Hugues, qui a visiblement quelque chose à se reprocher... Un lourd secret à cacher.

Sylvain, ce marginal au regard dérangeant, qui vivait seul dans sa ruine... dont Julie s'est trop approchée.

Qui ?

*
* *

La sueur perle sur son front alors que la température n'a rien d'estival.

Le sang perle sur sa jambe, au travers du pansement de fortune.

Il avance aussi vite qu'il peut, presque à cloche-pied, s'appuyant sur ses deux amis, devenus cannes anglaises, béquilles. Soutiens sans faille.

Pour les passages difficiles, Sarhaan le porte même sur son dos.

Courage exemplaire. Sacrifice inoubliable.

Mais ils savent qu'ils vont être rattrapés d'une minute à l'autre.

Le chant funeste des clébards est là pour le leur rappeler.

Ils arrivent à l'orée du bois, pour affronter une nouvelle clairière avec une petite mare au milieu.

Il est où, ce putain de manoir ?

Ils traversent la prairie humide, toujours au pas cadencé, s'engagent dans une large allée herbeuse.

Soudain, ils s'immobilisent.

Le concert d'aboiements a changé. Les hurlements semblent venir de partout. De droite, de gauche, de derrière… Où sont-ils ?

Dans quel sens aller ?

Ils empruntent la piste, au bord de laquelle les arbres aux ramages orangés se prosternent.

Rémy les admire. Il lève les yeux vers le ciel, harmonieusement teinté. Il va mourir bientôt. Désire emporter un peu de beauté avec lui, dans ses valises, pour l'ultime voyage.

Un drôle de souvenir lui revient à l'esprit, aussi. Une odeur, celle du chocolat chaud. Celui que sa grand-mère lui préparait quand il était môme. Une odeur et un goût qui refont surface, tant d'années après. Là, au milieu de la forêt, au milieu de son cimetière, il pense à ça.

Images douces, sucrées, merveilleuses.

Puis le chocolat chaud s'évapore, laissant la place à d'autres sensations, plus charnelles. Il se souvient du corps de sa femme, sa peau contre la sienne. Il l'a détestée si souvent depuis qu'elle l'a banni de sa vie. Pourtant, en cet instant, il l'aime à nouveau, avec force. Comme au premier jour.

Il revient dans le présent, regarde le visage épuisé de ses compagnons qui donnent tout pour le sauver.

La peau d'ébène de Sarhaan. Les yeux métalliques d'Eyaz. Leur souffrance mêlée à la sienne.

Pour l'éternité.

— Laissez-moi ici, les gars, dit-il soudain.

— Ta gueule et avance ! grogne le Malien.

— Non.

Rémy tombe à genoux.

— C'est fini, maintenant. Je prends le flingue et je les attends. Vous, vous partez… Je vais bien arriver à en dégommer quelques-uns !

Sarhaan reprend son souffle puis traduit les dernières volontés de Rémy au Tchétchène.

Au loin, au bout de l'allée verdoyante, l'équipage apparaît.

Dans toute sa splendeur.

Ils n'ont pas encore aperçu les fugitifs.

C'est juste une question de secondes, désormais.

*
* *

15 h 00

Diane consulte encore sa carte en piteux état. Elle calcule la distance restant à parcourir jusqu'au col, jusqu'à la piste forestière qui la conduira à la route, puis au hameau.

À la liberté. À la vie.

La pluie s'arrête, revient, s'éloigne. Comme si le ciel s'amusait à aggraver diaboliquement la situation.

Diane se force à boire une gorgée d'eau de temps en temps, pour allouer un peu de carburant à ses muscles. S'il y avait du sucre dedans, ce serait tellement mieux...

Un thé à la vanille, un cappuccino. Un bain parfumé, un lit douillet, un oreiller où reposer sa nuque. Les bras d'un homme, ceux de Clément...

Des murs autour d'elle, un plafond au-dessus de sa tête, de la moquette sous ses pieds...

Une télévision en marche, un téléphone qui sonne. Un plat qui mijote sur une gazinière.

Des rêves simples, rassurants.

La réalité est tout autre. Averses, froid, boue, frayeur, solitude. Immensité désertique.

Malchance.

Diane a coincé son bras droit dans l'anse du sac, pour qu'il ne pende pas dans le vide. L'impression que la balle se promène dans sa chair, se déplace, monte et descend.

Douleur atroce.

Souvent, elle se retourne pour vérifier qu'il n'y a personne derrière.

Auraient-ils abandonné ?

Impossible, elle le sait bien.

Ils ne la lâcheront pas.

Le mauvais temps complique encore les choses, n'incitant pas les gens à flâner dans les collines. Pas de cueilleurs de champignons, de promeneurs ou de chasseurs.

Personne.

Vide et angoisse.

Son souffle fatigué qui résonne, ses chaussures qui glissent dans la gadoue.

Ses yeux qui brûlent, qui brillent.

Son cœur qui enfle.

*
* *

Un cor de chasse sonne l'hallali, un frisson immonde glace la forêt et ses habitants.

Les premiers chiens arrivent autour des fuyards.

Ils n'attaqueront pas, se contentant d'ameuter le reste de la troupe.

Eyaz prend le Sphinx à sa ceinture puis se tourne vers ses compagnons.

Il va rester ici, parce qu'il sait se servir d'une arme. Il ment, mais ça n'a plus aucune importance.

Il va rester ici, parce qu'il doit venger son frère, parce qu'il n'a plus de famille, plus de pays, plus personne. Plus d'espoir ni d'envie.

Vous, vous avez des enfants.

Bonne chance et qu'Allah vous protège.

Rémy ouvre la bouche pour protester. Mais aucun mot ne sort. Avec Sarhaan, ils restent quelques secondes pétrifiés, tandis que l'équipage s'élance. Droit sur eux. Les chiens ont fait demi-tour, sifflés par leur maître.

Eyaz sourit.

Comme s'il n'avait pas peur ou ne craignait plus rien.

Crâneur.

*
*   *

Elle chute, s'écorche la paume des mains sur le sol caillouteux.

L'impression d'être tombée de plusieurs mètres de hauteur. De s'être écrasée sur le béton après avoir sauté du dixième étage. L'impression de s'être brisée en mille morceaux.

Non, elle a juste glissé sur une pierre, a plongé vers l'avant. Simplement. Une chute banale qui prend de tragiques proportions.

Diane essaie de se remettre debout, n'y parvient pas.

Larmes, sanglots. À genoux, les yeux d'abord sur le sol, puis levés vers le ciel plombé.

Elle pleure, crie, oubliant toute prudence.

Elle hurle, laisse tout sortir. Vomissant sa détresse, sa souffrance, sa colère. Sa haine.

Le moment est-il arrivé ?

Celui, tant redouté, où elle ne se relèvera plus... Celui où elle abandonnera ?

*
* *

Le fusil s'approche lentement de son front. Ses yeux louchent sur le canon d'où la mort va jaillir d'un instant à l'autre. Puis ils montent jusqu'au visage de celui qui le tient, de celui qui va le tuer.

Comme ça, sans raison précise.

Alors qu'il ne lui a rien fait ; qu'ils ne se connaissent même pas.

Le doigt sur la détente, le meurtrier prend son temps. Savoure cet instant attendu, voulu, désiré. Dramatique et magique.

Un à genoux, l'autre debout. Ils se dévisagent longuement, sans un mot.

Demandera-t-il pitié ?

Non, il a compris que ce serait vain. Et n'a même plus la force de parler.

Alors, qu'attend l'homme au fusil ?

Une hésitation traverse son regard, comme un éclair déchire le ciel. Quelques tics nerveux assaillent ses lèvres entrouvertes. Sa respiration se fait plus rapide, son doigt se raidit sur la gâchette.

L'homme agenouillé ferme les yeux. Comme un signal.

Le fusil s'éloigne de son front. Le chasseur est toujours là, ayant juste reculé d'un pas et légèrement abaissé son arme. Sans doute pour mieux admirer son œuvre encore inachevée.

Enfin, il presse la détente.

Son visage s'illumine, se crispe. Il sent monter en lui quelque chose d'inédit, d'extraordinaire, de violent.

Une sensation inconnue.

Tandis que sa victime s'écroule, il s'élève vers les cimes. Sa tête est à la limite de l'implosion. Des frissons agitent ses mains, ses bras, ses jambes. Une vive émotion le submerge, l'emporte vers des abîmes inconnus, effrayants. Euphorisants.

Ça y est, il vient de franchir le dernier obstacle, de devenir quelqu'un d'autre.

Il ne peut détacher son regard de l'homme qui gît à ses pieds.

De l'homme qu'il vient de tuer. De son œuvre, achevée. Magnifique.

Ses traits se détendent, il sourit. Apaisé.

Ce jour-là, Delalande a su qu'il recommencerait. Que ce crime ne serait pas son dernier.

Ce jour-là, il s'est senti tout-puissant. Un être supérieur. Un dieu. Doté d'un suprême pouvoir ; celui d'ôter la vie. Capable de foudroyer d'un seul geste le simple mortel.

Ce jour-là, Delalande a goûté à une drogue surpuissante.

Longtemps qu'il rêvait de ce moment, qu'il entretenait secrètement ce phantasme morbide.

Désormais, il ne pourra plus revenir en arrière, ne pourra plus se passer de cette inégalable jouissance.

Celle que procure le voyage au-delà des frontières, des limites.

Désormais, il est accro, dépendant, enchaîné pour l'éternité.

Souffrance et plaisir mêlés, inextricables.

Tandis qu'il suit le reste de la meute, Delalande se remémore encore cette première expérience interdite qui a changé le cours de son existence pourtant déjà hors du commun. Réussite exemplaire à la tête d'une multinationale des cosmétiques, une des plus grosses fortunes de ce pays. Un homme de pouvoir, d'influence, qui a son rôle à jouer dans les plus hautes sphères de l'État.

On aurait pu dire de lui : il possède tout. Pourtant, il lui manquait quelque chose d'essentiel. À présent, son existence est parfaitement remplie.

Ce soir ou demain, il retrouvera sa femme, qui ne se doute de rien, qui le croit simplement à la chasse. Il retrouvera sa progéniture chérie qui le considère avec admiration.

Après-demain, il retrouvera ses collaborateurs dévoués, serviles et apeurés. Il redeviendra un homme extraordinaire que tout le monde envie, qui fascine.

Personne n'imaginera ce qu'il est vraiment, quel est son réel pouvoir.

Delalande espère que ça va être son tour ; pourtant, il sait que le meilleur moment est celui qui précède le passage à l'acte. Celui de la traque, justement. Il regarde autour de lui, cet endroit qu'il commence à connaître, où bourgeonnent les souvenirs intenses de ses précédentes chasses.

De ses précédents forfaits.

De ses précédents crimes.

Car oui, il s'agit bien d'assassinats ; Delalande en a parfaitement conscience. Meurtres commis avec préméditation et sans aucun mobile.

Sans aucun mobile, vraiment ?....

Il y en a un, pourtant : le plaisir, incomparable.

Tout à l'heure, il recommencera. Et plus jamais ne s'arrêtera.

Sinon, c'est lui qui pourrait bien mourir... succomber au manque.

14

Le Lord lève le bras, l'équipage s'arrête, flanqué de la meute de limiers surexcités, à nouveau en laisse.

Grâce à ses jumelles, il aperçoit furtivement le Black et le clodo en train de fuir vers l'étang, juste avant qu'ils ne disparaissent dans les hautes herbes sèches.

Le Lord se demande alors où est le troisième. Forcément, c'est celui qui s'est pris la jambe dans le piège à loup ; mais aussi celui qui détient l'arme et s'apprête au sacrifice pour sauver momentanément les deux autres.

C'est la première fois qu'il voit une telle solidarité entre proies. Étonnant... Touchant, presque. Si tant est qu'il puisse un jour être touché par quelque chose. Touché vraiment, pas seulement en surface, comme la brise effleure l'eau, sans jamais aller au fond.

Souvent, il se demande s'il n'a pas une épaisse couche de cuir sous la peau, une armure invisible... Ou une malformation de naissance, le rendant insensible.

Il saisit son arme ; où est passé le Caucasien ?...

Son père était médecin à Grozny, sa mère infirmière.

Durant son enfance, Eyaz n'a connu que la guerre, la terreur.

Bombardements, assauts militaires, exécutions sommaires et systématiques, tortures, viols, emprisonnements arbitraires.

Oublier les projets d'avenir ; seulement prier pour qu'il y ait un lendemain.

Chars soviétiques, puis russes. Avions de chasse, hélicoptères.

Le chant des lance-roquettes en guise de berceuse.

Explosions, mines antipersonnel, corps déchiquetés, entrailles au soleil. Cadavres bouffés par la vermine, les charognards ou même simplement les clébards affamés.

Décomposition à l'air libre.

Liberté en décomposition.

À l'âge où les enfants collectionnent les illustrations colorées, drôles ou tendres, le petit Eyaz, lui, collectionnait les images insoutenables.

Ses yeux s'y sont habitués. Ou presque. Il y a des choses auxquelles on ne s'accoutume jamais.

À l'âge où les enfants nantis effleurent l'insouciance, il baignait dans la peur. Se cacher, se terrer, s'enterrer... Se méfier de tout et de tous.

Violence ordinaire, dont le monde entier se fout éperdument.

Épuration ethnique, massacres, dans l'indifférence générale.

En réponse, terrorisme, résistance, prises d'otages.

À tel point qu'Eyaz ne savait plus qui étaient les méchants dans cette histoire sans fin.

Les soldats russes ? Drogués, obligés de boire pour supporter leurs propres exactions forcées ?

Eux, qui n'ont pas le droit de déserter... Enrôlés de force dans une bataille qui ne les concerne pas, dans une guerre perdue d'avance.

Car jamais les Tchétchènes ne se laisseront dominer, coloniser, régenter.

Ils préfèrent encore la mort.

Alors, ils posent des bombes, tuant civils, femmes, enfants.

On les traite de terroristes ; et les Russes, que font-ils d'autre ? Les mêmes massacres, mais à grande échelle et avec des armes lourdes. Là est la nuance.

D'un côté, c'est du terrorisme ; de l'autre, une guerre.

Qui peut lui expliquer la différence ?

Qui peut lui assurer que les kamikazes sont des héros ? Que la liberté de son peuple est à ce prix ?

Qui peut lui jurer qu'il faut sacrifier des enfants russes pour sauver des gosses tchétchènes ? Ou simplement pour les venger...

Comment sortir un jour de ce cercle infernal ?

... Eyaz enlève le cran de sûreté du Sphinx.

Un seul problème, mais d'importance : il n'a jamais utilisé un flingue de sa vie, se rend compte que ce n'est pas si simple qu'il y paraît. Pourtant, des armes, il en a vu, tellement. Trop, sans aucun doute. Pour ça qu'il a toujours refusé d'en manipuler une.

Jusqu'à aujourd'hui.

Aujourd'hui, où sa main tremble.

Va-t-il réussir à ôter la vie ? À commettre l'irréparable, même si ses cibles sont des monstres dénués de pitié, des assassins... Va-t-il en devenir un à son tour, juste avant de crever ?

Si seulement Hamzat était là... Lui saurait se servir du pistolet. Lui qui voulait entrer dans la résistance, se battre aux côtés des siens pour la liberté. Contre l'oppression.

Lui qui gît désormais au fond d'un étang vaseux. Englouti à jamais.

Eyaz est prêt à le rejoindre.

Eyaz qui aurait mieux fait, finalement, de laisser son frangin rallier les opposants tchétchènes. Il serait tombé en héros, pas en gibier. Le peuple entier lui aurait rendu hommage, comme à chacun des martyrs de la cause.

Maintenant, quels honneurs recevra-t-il ? Qui se souviendra de lui ? Qui racontera ses prouesses, chantera ses louanges ?

Mais Allah l'accueillera parmi les siens, Eyaz en est certain.

Sa main cesse d'hésiter, elle se crispe sur la crosse massive, son doigt effleure déjà la gâchette.

Abattre le chef de meute, voilà son but. S'il le descend, les autres abandonneront sûrement... Toujours buter le général pour décourager les troupes.

Il essaie de viser du mieux qu'il peut.

Attendre que le Lord s'approche encore, au risque d'être repéré ? Ou tirer maintenant ?

Il appuie sur la détente. Il ne s'attendait pas que le recul le projette en arrière ; il bascule, tombe de la branche d'arbre sur laquelle il s'était hissé.

Atterrissage brutal...

... Le cheval du Lord s'affaisse dans un hennissement pathétique. Son cavalier se retrouve coincé sous l'animal blessé dont les pattes gesticulent dans le vide. Aidé par ses larbins, il s'extirpe du piège.

Pendant ce temps, les clients ont mis pied à terre pour courir se réfugier derrière les arbres.

Des chasseurs d'élite qui se font allumer comme de vulgaires garennes !

Qui détalent, tels de vulgaires garennes...

... Eyaz se relève, un peu sonné. L'impression d'avoir reçu un coup de gourdin derrière la tête.

Il titube un peu, récupère enfin l'arme puis se ratatine derrière un énorme chêne.

Essayer encore.

Deuxième coup de feu, il parvient à toucher un des suiveurs qui mord la poussière. Le Tchétchène pousse un cri de victoire.

Troisième balle, qui siffle dans le vide.

Il s'est légèrement mis à découvert, galvanisé par son triomphe.

Légèrement, c'est déjà trop.

Le Lord, lui, ne le rate pas.

Une balle lui explose l'épaule, l'envoie au tapis.

Eyaz devine le ciel au travers des ramures décharnées, des feuillages agonisants. De drôles de lumières scintillent devant ses yeux mi-clos. Taches multicolores qui valsent dans un ballet énigmatique... Étincelles... Insectes bourdonnant autour de son visage ou petites fées voltigeant au-dessus de lui...

Après quelques secondes, il revient à la réalité, rampe vers son flingue. Au moment où il va mettre la main dessus, une botte lui écrase les doigts dans la terre meuble.

Eyaz pousse un cri, lève la tête.

— T'aurais pas dû tirer sur mon cheval...

Le Lord sourit, comme toujours. Peut-être une déformation de son visage, pour masquer sa vraie nature ?... Il s'empare du Sphinx, ordonne à Eyaz de se remettre debout tandis que le reste de la horde s'approche. Ils ne craignent plus rien, peuvent venir assister à la curée. Après tout, ils n'ont pas payé aussi cher pour se faire arroser avec du gros calibre.

Eyaz fait front, tenant son épaule en miettes.

Le Lord est surpris ; la jambe du Tchétchène est intacte. Si ce n'est pas lui le blessé, pourquoi avoir joué les héros ? Ce simple détail l'incommode.

Il se retourne, attendant un volontaire.

À qui le tour ?

Comme prévu, c'est la belle Autrichienne qui s'avance. Eyaz fixe l'arme qu'elle tient dans ses mains délicates.

Une imposante arbalète.

Il recule doucement, le regard figé dans celui de la meurtrière qui pétille férocement.

Un silence ennemi s'abat sur la forêt. Tout le monde garde les yeux braqués sur l'arbalète. Sur celle qui la brandit fièrement.

Va-t-elle passer à l'acte ? Va-t-elle franchir le pas, basculer définitivement de l'autre côté ? Ouvrir une porte que plus jamais elle ne pourra refermer... Mettre un pied dans le vide, chuter vers les bas-fonds ou monter au septième ciel...

Devenir une criminelle.

Tuer. Assassiner.

Elle hésite, visiblement. Ou prend seulement son temps, savourant ce moment unique. Personne ne le saura jamais...

Brusquement, Eyaz se met à parler dans sa langue maternelle. D'une voix un peu saccadée, un peu cassée par la souffrance.

Mais d'une voix enflammée, fervente.

Audacieuse, insolente. Orgueilleuse.

Curieusement, l'Autrichienne l'écoute, comme hypnotisée par son hymne guerrier.

L'hymne tchétchène.

La nuit où les loups sont nés,
À l'approche de l'aube, les lions rugissaient.
Nous sommes alors arrivés,
Du fond des âges, dans ce monde hostile.
Depuis, nous ne plaisons à personne,
Mais nous avons conservé notre dignité.
Des siècles durant, nous nous sommes assurés
Par la lutte, la liberté ou la mort.
Et même si les montagnes de pierre
Brûlent dans le feu des batailles
Aucune horde au monde
Ne nous mettra à genoux.

La flèche métallique l'atteint en pleine poitrine, Eyaz tombe à genoux. D'une main tremblante, il arrache le projectile fiché dans son poumon. Un réflexe, rien d'autre.

Il n'a plus la force de hurler. Regarde seulement son sang, flamboyant, inonder sa paume, sa peau, couler entre ses doigts. Jaillir de son corps à l'agonie. L'abandonner…

Eyaz était un gamin pacifique, intelligent. Un peu rêveur. Assis sur une lune qui n'appartenait qu'à lui. Oui, il parvenait encore à rêver au milieu du déluge de bombes, du bruit terrifiant des explosions. Mais le rêve n'était-il pas son unique refuge ?

Le rêve ou la folie…

Eyaz voulait devenir poète, écrivain ou journaliste. Rien d'autre.

Un jour, ses parents ont disparu ; un mois plus tard, ils ont été retrouvés dans un charnier à la périphérie de Grozny. Au milieu de dizaines d'autres macchabées.

Eyaz n'avait pas quinze ans, il a rangé ses chimères dans un tiroir secret, s'est occupé de son petit frère, Hamzat.

Oubliés, les rêves. Oubliée, l'enfance.

Ne subsistaient que la peur, la violence quotidienne, la faim, le système D.

Et puis, quelques années plus tard, il y a eu cet espoir, un peu fou. Rejoindre le pays des Lumières, celui des Droits de l'homme.

Cet eldorado où ils pourraient enfin vivre en paix.

Où il pourrait enfin devenir poète, écrivain ou journaliste. Ou autre chose, peu importe finalement.

Où il pourrait vivre, enfin. Plutôt que survivre…

… Cet eldorado où il vient d'être crucifié. Sacrifié.

L'Autrichienne décoche une seconde flèche qui se plante dans son cœur déjà brisé depuis longtemps. Puis une troisième, qui lui traverse la gorge.

Il finit de s'écrouler sur le flanc. Sans un cri, un bruit, ni même une plainte. Sur ses lèvres, le goût du sang mêlé à celui d'une terre qui n'est pas la sienne.

D'une terre qui l'avait fait fantasmer, il y a longtemps de cela.

La femme, penchée sur lui, caresse ses cheveux. Comme elle caresserait le pelage d'un animal qu'elle vient de tuer.

Sauf qu'Eyaz n'arrive pas à mourir.

Il lui faut des secondes, des minutes.

Lentement, le bruit des bombes s'estompe, s'éloigne. Les mauvais souvenirs perdent leur couleur écarlate puis s'effacent.

Pour disparaître définitivement.

Le calme, enfin.

Le Lord s'approche de son cheval blessé qui agonise toujours.

Il arme son fusil. Une balle en pleine tête, un dernier soubresaut.

Ensuite, seulement, il va porter secours à son suiveur.

Trop tard. Le Tchétchène l'a eu en pleine poitrine.

Nous avons grandi libres, avec les aigles des montagnes, nous avons surmonté les difficultés et les obstacles avec dignité.

Les rochers de granite fondront comme du plomb, avant que nous ne perdions notre noblesse dans la vie et la lutte. La terre sera crevassée par le soleil, avant que nous ne perdions notre honneur aux yeux du monde. Jamais nous ne nous soumettrons à quiconque, entre la mort et la liberté, nous ne pouvons choisir qu'une voie...

15

15 h 30

À chaque respiration, une intense brûlure.

À chaque mouvement, une intense douleur.

Diane finit tout de même par se retrouver debout. Comment ? Avec quelles forces ? Quelle volonté ?

La sienne. Et nulle autre.

La volonté divine, connaît pas.

Un pas, un autre. La revoilà, errant sur les sentiers de Lozère. La revoilà d'aplomb, mâchoires serrées, haine chevillée au corps. La haine qui vient s'allier à la frayeur et à l'instinct de survie pour soutenir son corps éreinté. Comme les piliers soutiennent les voûtes des édifices les plus impressionnants.

Et Diane l'est, impressionnante. De détermination, de bravoure.

Son bras droit n'existe plus. Mieux vaut l'oublier. Alors, elle s'est mentalement amputée.

Plus rien n'existe à part les kilomètres à parcourir.

Elle ne regarde plus derrière elle, seulement devant. Seulement l'horizon.

Elle ne prête plus l'oreille aux bruits inquiétants, seulement aux battements de son cœur exténué.

Elle ne sent plus les fragrances de terre mouillée, celles de l'hiver qui approche. Celle des prédateurs lancés à ses trousses.

Elle est seule au monde, oui.

Si seule.

Complètement seule.

Abandonnée.

*
* *

Rémy pleure. Il n'a pas cessé de pleurer depuis que…

Sarhaan se montre plus pudique mais ne lui reproche rien. Il comprend.

Il comprend toujours…

Pourquoi Hamzat ? Pourquoi Eyaz ?

Pourquoi nous ?

Hasard ? Destinée ?

Les clébards ont momentanément perdu leur trace, Eyaz les ayant suffisamment retenus pour que les deux fuyards puissent brouiller les pistes en pataugeant dans l'eau froide d'un petit ruisseau.

Mais les limiers les retrouveront bientôt. Inutile de rêver.

D'ailleurs, aucun de ces deux hommes ne rêvera plus jamais.

Des cauchemars, c'est tout. Des cauchemars à perpétuité.

Pourtant, de quoi sont-ils coupables ? Quelques petites erreurs, maladresses ou fautes jalonnant leur parcours…

Alors, pourquoi une peine si lourde ? Pourquoi n'ont-ils pas bénéficié des circonstances atténuantes, de la clémence des jurés ?

Rémy ne peut s'empêcher de se le demander.

Il voudrait savoir.

La vérité, celle que l'on cherche toute sa vie durant, sans jamais la trouver.

Ces milliards de questions, demeurées sans réponse depuis des générations, des siècles, des millénaires.

— Tu crois qu'il est mort ? demande soudain Sarhaan avec, dans la voix, des nuances enfantines, touchantes.

Rémy essuie ses yeux, hoche la tête.

— Oui. Bien sûr qu'il est mort.

— Tu… Comment, tu crois ? Comment ils l'ont tué ?

Rémy sent sa gorge se serrer.

— Je sais pas… Je sais pas, merde !

Sarhaan se tait quelques instants, puis reprend.

— Il le voulait.

— Quoi ?

— Mourir, il le voulait…

— Je sais pas.

— Si, répète le Black comme s'il cherchait à se convaincre lui-même. Il le souhaitait. Je crois qu'il ne supportait plus tout ça… Il avait vu trop de choses. Il voulait oublier…

— Possible…

Rémy s'arrête, prend de longues inspirations, grimace de douleur. Sa jambe lui fait mal, si mal. Comme si les crocs métalliques étaient encore plantés au-dessus de sa cheville, comme s'ils mordaient encore sa chair.

Ses muscles sont fatigués, si fatigués.

Sa tête est lourde, si lourde.

— Ça doit être bien d'oublier, murmure-t-il. Ça doit faire tellement de bien…

— Oui, acquiesce Sarhaan.

Lui aussi aimerait oublier. Ce qu'il est, ce qu'il a enduré, ce qu'il a commis.

Après tout, il se dit que la mort, ce n'est pas si grave. Un peu plus tôt que prévu, c'est tout. Son seul regret, ce sera Salimata.

*
* *

Ils approchent du but. Bientôt, ils seront sur le GR, là où ils n'auront plus qu'à se mettre à l'affût de leur proie.

Hugues et Gilles s'éternisent à l'arrière. Séverin s'arrête un instant pour les attendre, tandis que Roland continue, toujours sur le même rythme, ou presque. Lui aussi montre des signes de relâchement.

— Magnez-vous ! grogne Séverin.

Les deux hommes arrivent enfin à sa hauteur, reprennent leur respiration.

— Papa, si on rentrait ?

Granet considère son fils avec stupeur.

— On peut pas. Tu sais bien…

— Mais…

— Il faut qu'on retrouve cette fille ! Sinon, on est cuits…

— Tu comptes la tuer ? demande l'aubergiste à voix basse. T'es devenu fou ou quoi ?

Séverin hésite. Il regarde ailleurs, les yeux noyés dans les nuages qui s'accrochent aux sommets alentour. Espère-t-il que ses chères collines vont lui souffler la réponse ?

— Peut-être qu'on peut lui proposer un marché… De l'argent ! finit-il par répondre.

— Et après ? aboie Roland Margon, revenu sur ses pas.

Les trois hommes, pris en flagrant délit de complot, restent un moment aphones.

— Vous voulez lui proposer du fric ? reprend le pharmacien. O.K. Mettons qu'elle accepte… Qui nous dit qu'elle ne parlera pas dans un mois ? Dans un an ? Qui nous prouve qu'elle gardera éternellement le silence ? Ou qu'elle ne nous fera pas chanter jusqu'à la fin de notre vie ?

— Si on la menace, elle aura trop peur pour causer ! affirme Hugues en y mettant ses ultimes forces.

— Ben voyons ! ricane Roland. Y a qu'une façon de régler ce problème, et vous le savez…

— Moi, je ne peux plus avancer, gémit le fils Granet. Je me suis tordu un genou, j'arrive plus à…

— Ta gueule ! coupe Margon. Tu veux te débiner, c'est ça ? Tu veux nous laisser faire le sale boulot ? Je te rappelle que c'est toi qui as refroidi l'autre con ! Je te signale qu'on est là à cause de toi ! Et maintenant, tu veux rentrer à la maison ?

— Mais c'est pas ça, j'te dis que je me suis tordu le genou !

— Tu vas aller jusqu'au bout, assène Roland d'une voix glaciale. S'il le faut, je te traînerai par la peau du cul, t'entends ?! On a commencé ensemble, on finira ensemble… Le premier qui essaie de se défiler, je lui démolis la tronche ! Et je le fous dans le puits avec l'autre enfoiré !

Brusquement, Gilles met le pharmacien en joue.

Quelques secondes de flottement.

Margon ne bronche pas, se contente de fixer l'arme sans sourciller.

Hugues se prend à espérer. *Tire, bon dieu... Tire !*

— Baisse ton arme, ordonne brusquement le père.

Sa voix fait sursauter tout le monde.

Tout le monde, sauf Roland, toujours impassible.

— Tu commences à me faire chier ! hurle le jeune homme en dévisageant sa cible avec des yeux de dément. Je veux plus continuer, j'te dis !

Des rictus éperonnent son visage grossier. Pourtant, Roland sourit. Il s'avance hardiment vers le canon de l'arme. Jusqu'à ce qu'il touche son torse.

— Vas-y, tire... Qu'est-ce que t'attends ? suggère-t-il.

Les lèvres de Gilles se pincent, puis se mettent à trembler.

Roland saisit le fusil, le lui arrache des mains. Lui colle une droite en pleine mâchoire. Junior perd l'équilibre, roule sur le sol pentu.

— Je savais que tu le ferais pas, p'tit con ! jubile le pharmacien. Pas facile de tirer sur un mec, hein ? T'as pas les couilles ! T'as jamais eu de couilles d'ailleurs !

Gilles baisse la tête. Le pharmacien lui jette sa carabine ; offense suprême, il n'a même pas pris la peine de la décharger.

— Maintenant, on se remet en route, enjoint-il sèchement. Dans une heure, tout sera terminé.

*
* *

Le Lord garde le silence. Même les attributs de l'Autrichienne n'arrivent plus à le distraire. Pourtant, il n'a pas pu s'empêcher de l'admirer, tout à l'heure. Sa détermination, sa férocité, sa bestialité.

Mais cette journée ne se déroule pas comme prévu.

Un client à l'hosto, son pur-sang et un de ses fidèles serviteurs sur le carreau...

C'était peut-être la chasse de trop ?

Non ; après tout, il n'y a rien de grave.

Lui, il est encore en vie.

Un canasson, ça se remplace. Un client à l'hosto, ça guérit. Ou ça crève. Pas une grosse perte pour l'humanité, Balakirev !

Un fidèle serviteur, ça s'embauche. Les mecs désespérés, prêts à tout pour gagner du fric, ça se trouve. Il y en a qui feraient n'importe quoi pour ne pas croupir en taule, surtout si la taule est située dans une république bananière ou en Europe de l'Est.

Rien d'irréparable, en somme.

Pour le moment.

Car il commence à se demander ce que l'après-midi lui réserve...

Il reste deux cibles, deux clients à contenter ; qui attendent leur dose, leur shoot, leur fix. Qui en veulent pour leur fric, refuseront de rentrer bredouilles.

Un dealer doit fournir la came. Remplir sa part du contrat. Jusqu'à l'overdose, s'il le faut. Si telle est la volonté du consommateur !

Il reste confiant ; aucun gibier ne lui a jamais échappé. C'est juste une question de temps, désormais. Un des deux fuyards est blessé, sans doute gravement. D'après ce qu'il a pu apercevoir dans ses jumelles une demi-heure auparavant, le clodo semblait boiter. Il est donc le prochain sur la liste. Le prochain à être servi en pâture.

Le prochain à descendre dans l'arène pour le plaisir des spectateurs privilégiés. Pour le festin des fauves.

Puis, ce sera le tour du grand Black. *En dessert, une tête-de-nègre !* aurait sans doute ironisé ce porc de Balakirev.

Ensuite, entracte jusqu'à la prochaine scène barbare ; jusqu'à la prochaine chasse. Au printemps, sans doute. Deux par an, voilà qui lui permet de se constituer une bien jolie fortune sans se fatiguer. Tout en se divertissant.

Que demander de plus ?

Pourtant, sa vie ne le satisfait pas.

Sa vie…

Elle lui semble parfois si creuse.

Pas banale, non. Ni routinière.

Plein aux as, il voyage aux quatre coins du monde, habite une somptueuse demeure, jouit d'un statut enviable. Peut s'adonner à sa passion sans aucune restriction.

La solitude, il l'a choisie ; parfois, elle lui pèse. Parfois, il la déteste. Mais pas autant qu'il déteste les autres.

Comment supporter quelqu'un dans sa vie ? Quelqu'un qui ne serait pas un larbin s'effaçant sur son passage. Quelqu'un qui ne partirait pas au petit matin ou à la fin du week-end. Qui s'incrusterait dans son quotidien, y apporterait sa touche personnelle. Empiéterait sur ses plates-bandes, coloniserait son espace vital, briserait son cher silence.

Le pousserait à se confier, alors qu'il ne s'est jamais livré qu'à lui-même.

Il pensait que sa passion, son métier, sa fortune empliraient son existence sans y laisser le moindre atome de vide.

Il pensait que les femmes de passage, triées sur le volet, lui suffiraient. Que jamais il n'aurait envie de plus.

Mais, ces derniers temps, il subit le manque, de plein fouet.

La solitude, oui. Sans doute le lot de tout être exceptionnel. De celui qui s'élève au-dessus de la masse.

De l'élite.

Il tourne la tête vers l'Autrichienne. Profil fier, port altier, formes sensuelles mais sans cet excès de générosité qui l'écœure. Il aime cette froideur, la glace dans laquelle elle semble avoir été forgée par un sculpteur habile. Une glace sous laquelle bouillonnent une ardeur, une vraie folie, une vraie déviance.

Elle lui semble parfaite. Ou presque.

Car rien n'est jamais parfait en ce bas monde. Dans ces bas-fonds où il est contraint d'errer.

La vie et ses débordements insupportables. Ces sentiments, ces émotions qui enchaînent, entravent, ralentissent, affaiblissent.

Salissent.

Ces imperfections qui résument l'humain à merveille.

La naissance, déjà, est un bain de sang.

La vie, un bain d'emmerdes.

La mort est-elle un bain de jouvence ? Il lui faudrait demander à ses gibiers ! Mais ils ne peuvent évidemment jamais répondre…

Tout ce qui est vivant le fascine autant qu'il le dégoûte. Une bien étrange contradiction qu'il n'a jamais pu expliquer.

Sans doute devrait-il aller consulter un psy, comme la plupart des gens…

Non, pas comme la plupart des gens. Car ils ne sont pas nombreux à organiser des chasses à l'homme !

Pourtant, combien en auraient envie ? Combien y participeraient si l'occasion se présentait ? Si l'immunité était assurée ? Ses clients sont riches simplement parce qu'il exige beaucoup d'argent. Mais si c'était offert ?

Il n'y a qu'à observer les humains pour s'en persuader ; les meurtres gratuits, les exactions commises par n'importe quelle armée en marge de n'importe quel conflit, les lynchages par les foules en colère, les badauds qui assistent aux exécutions publiques. Cette fascination collective pour le morbide, le macabre, le fait divers sanglant.

L'occasion fait le larron, la moindre étincelle pouvant réveiller, attiser les instincts les plus vils chez ses semblables. Chez tous ses semblables ? Il n'a jamais pu répondre à cette question. Se la pose encore.

Lui, il a la mort dans les veines, dans les gènes. Anéantir, massacrer, dominer, tuer. Éliminer, refroidir.

Jouir.

Expurger le monde de toute cette vie grouillante, écœurante, nauséabonde.

Cette bêtise exaspérante.

Poser le pied sur cette vermine laborieuse. Et l'écraser.

Adolescent, il a eu une révélation. C'était dans une église, pendant la messe à laquelle son paternel le traînait de force chaque dimanche.

C'était au moment où le curé lui tendait l'hostie, attendant qu'il ouvre docilement la bouche, sous les yeux morts du Crucifié. À cet instant précis, il s'est dit que Lucifer l'avait élu, choisi pour porter la bonne parole sur terre. Pour susciter chez les autres l'envie du mal, les pousser au crime, à l'abject. Les contraindre à cracher leur venin, à révéler leur vraie nature, leurs perversions multiples et innées.

Leur goût du sang, du meurtre, du massacre. Du pouvoir.

D'aussi loin qu'il se souvienne, il n'a eu qu'une envie : détruire. Alors comment expliquer ce penchant autrement ?

D'aussi loin qu'il se souvienne, il n'a jamais éprouvé d'amour, de tendresse pour qui que ce soit. Sauf pour lui-même.

La seule fois où il a chialé, c'était lorsque son premier clébard est mort.

À l'enterrement de son père, il est resté de marbre. Il le respectait ; mais ne l'aimait pas. Quant à sa mère, il ne se souvient même pas d'elle, morte noyée dans un étang du domaine, peu de temps après sa naissance. Accident ? Suicide ? Meurtre ? Il ne l'a jamais su, ne le saura jamais. Son paternel a toujours refusé d'évoquer le drame, de fournir la moindre explication. Pourtant, lui, il savait. C'est certain.

Enfant, les pieds au bord de ce fameux étang meurtrier, les yeux perdus dans la vase, il s'est dit que sa mère, peut-être, s'était donné la mort par désespoir. Après s'être aperçue qu'elle avait engendré un monstre.

Lui.

Il a eu envie de la rejoindre. S'est progressivement enfoncé dans l'eau froide. S'est laissé submerger, lentement.

C'est un des employés de son père qui l'a tiré de là, *in extremis*.

Il n'a jamais plus recommencé. A juste licencié le domestique qui l'avait sauvé, deux jours après la mort du vieux.

Il n'a jamais aimé personne, non.

D'ailleurs, qu'est-ce que l'amour ?

Il n'est pas comme les autres, en a toujours été conscient. Plutôt que de s'en inquiéter, il a préféré s'en glorifier. Laissant l'apitoiement aux faibles. Évitant d'envisager une seule seconde qu'il pouvait simplement être malade. L'idée de la folie ne l'a même jamais effleuré.

Il s'est donc trouvé une explication limpide en ce dimanche pluvieux, alors qu'il était agenouillé devant l'autel, face à l'aube du prêtre.

Tout est devenu clair.

Le porteur de lumière, Lucifer.

Celui qu'il s'est choisi comme guide, comme maître. Tellement plus passionnant que l'autre ; celui que tous vénèrent.

Ces brebis fragiles, peureuses, craintives. Lâches. Sans envergure, sans ambition réelle. Qui vont à confesse et pratiquent le repentir, tellement facile ! La gomme divine pour effacer les prétendus péchés, comme on efface un coup de crayon malheureux… La mortification, cette horreur !

Ces brebis galeuses qui suivent le troupeau, le droit chemin. Balisé, jalonné, sans intérêt. De peur d'être bannies, exilées, excommuniées. Qui espèrent un jour brouter avec délice l'herbe grasse et sans aucune saveur du Paradis.

Oui, l'Enfer, lorsqu'on y règne en souverain, doit être le plus bel endroit de l'univers.

Et l'Enfer, il le mérite, plus qu'aucun autre.

Peut-être trouvera-t-il enfin quelque chose à sa mesure lorsqu'il s'assoira à la droite de son Seigneur. Lorsqu'il aura atteint son but ultime.

Devenir un pur démon, qu'aucune considération matérielle ne viendra perturber.

C'est pour cela qu'aujourd'hui encore, il prie chaque dimanche à l'église. Comme une provocation silencieuse. Une imposture jubilatoire.

C'est cela qu'il demande avec force à son guide suprême.

Oui, à l'âge de treize ans, c'est devenu une certitude qu'il a enfouie en lui. Comme une force.

Ça clarifiait tant de choses incompréhensibles.

Parfois, bien sûr, il doute. Il n'est plus un adolescent… Il doute, comme n'importe quel croyant.

Lucifer et Dieu n'existent peut-être pas. De belles histoires inventées pour asservir les peuples, adoucir la vie terrestre ; atténuer l'angoisse du trépas.

Quoi qu'il en soit, il a le droit, à son tour, de s'inventer de belles histoires.

Il sourit à l'Autrichienne qui répond.

Cette nuit, il le sait, elle restera.

Il a atteint sa cible ; a gagné, une fois encore.

Une fois de plus.

Est-ce qu'un jour quelqu'un lui résistera ?

*
* *

Entre chien et loup, le paysage se transforme, s'enfonce dans l'ombre. La journée a été merveilleuse, inoubliable. Féerique. Une journée à flâner, sans but précis, main dans la main. Une journée entière à évoquer le passé tout en s'inventant un avenir.

Des heures passées si vite, passées si fort.

À faire l'amour sans même se toucher, juste en se dévorant des yeux, en s'effleurant. Juste en songeant à ce que sera la nuit.

Il est au volant, concentré sur la route.

Elle le regarde, tandis qu'il fixe la bande d'asphalte sinueuse.

Elle le regarde avec passion, envie.

Soudain, il s'en aperçoit, comme si l'intensité de ce regard le brûlait au troisième degré. Il tourne légèrement la tête, un quart de seconde, pour vérifier. Puis se met à nouveau de profil, avec un petit sourire tendre.

Ce sourire qu'elle aimait tant.

Ce visage qu'elle aimait tant.

Parfois, Diane se réveillait pour le contempler, alors qu'il dormait. Elle pouvait passer des heures ainsi, juste à poser ses yeux sur lui, à les laisser vagabonder sur sa peau, sur ses formes.

Il ne s'apercevait de rien, bien sûr.

Continuait à dormir, profondément.

Continuait à l'ignorer, superbement.

Mais elle n'espérait pas son réveil ; n'attendait rien d'autre que sa présence. Le bruit de sa respiration, les mouvements inconscients de son corps. Elle essayait de deviner ses songes, en espérant qu'elle y avait sa place...

Elle voulait simplement vérifier que ce n'était pas un rêve. Qu'elle avait bien cette chance. De l'avoir trouvé sur son chemin, de l'avoir à ses côtés, dans le même lit, la même vie.

Alors, elle se rapprochait de lui, fermait les yeux, se rendormait.

Un soir d'automne, elle est rentrée d'une mission de trois jours en Italie.

Il n'était plus là. Ni lui ni ses affaires. Il ne restait que ses empreintes. Les souvenirs.

Et le vide.

Terrifiant.

Le choc, d'une rare violence. Qui promettait d'être suivi d'une douleur atroce. De séquelles à vie.

Elle s'est assise, au milieu du salon. Au milieu du désastre. Incrédule.

Tenant dans ses mains la lettre trouvée sur la table basse. La lettre, ou plutôt les quelques lignes. Incompréhensibles.

La première phrase est assassine. *Je crois qu'il vaut mieux qu'on se quitte…*

La deuxième, encore pire. *Ne m'en veux pas…*

La troisième, le coup de grâce. *Je te laisse les meubles et le chien, je sais que tu y tiens.*

Pas d'explication.

Même pas : *J'ai rencontré une autre femme* ou *Je ne t'aime plus.*

L'impression qu'on l'écorche de la tête aux pieds, qu'on lui enfonce une dague dans les tripes et qu'on tourne indéfiniment. Qu'on lui fracasse la tête contre les murs.

Là, dans ce salon désert, sur ce canapé qu'ils ont choisi ensemble.

Le chien vient se coucher à côté d'elle et se met à pleurer.

Elle, n'en a même pas la force.

Ne m'en veux pas…

16

Roland Margon est le premier à poser le pied sur le GR. Comme Armstrong le pied sur la Lune : en conquérant.

Il se retourne, attendant les autres, toujours à la traîne. Ces larves qu'il a considérées comme des amis, dans une vie antérieure.

Des amis ? Pas vraiment, quand il y réfléchit.

L'homme est grégaire, il lui faut des attaches, des semblables ; autant de miroirs dans lesquels se refléter, se mirer, s'admirer. Se mettre en valeur.

Des amis ? Disons plutôt des potes. Compagnons de beuverie et de chasse. Rien de plus, au final.

Ils le redeviendront, d'ailleurs. N'auront pas le courage de se détourner de lui.

Quant à Roland, il continuera à se servir d'eux, comme il l'a toujours fait.

Il caresse le museau de Katia, qui commence à en avoir marre de cette marche forcée. Il lui file une friandise pour lui redonner courage.

Les trois autres arrivent enfin, essoufflés par l'ultime ascension. Un raccourci, certes, mais terriblement escarpé.

— Qu'est-ce qu'on fait ? questionne Séverin.

— Elle devrait déboucher à deux bornes d'ici, dans pas longtemps. On va avancer vers l'intersection… On se planque et on l'attend.

— Et… ensuite ? demande Hugues.

— Ensuite ? Devine !

— C'est toi qui vas tirer ?

— Tu crois que je vais faire ça tout seul, peut-être ? Tu me prends pour un con, hein ?

Il s'offre une gorgée de rhum, sa flasque est vide. Séverin lui tend la sienne, en bon petit toutou à son maître. Mais il ne lui reste plus grand-chose non plus. Les réservoirs sont au plus bas, le taux d'alcoolémie au plus haut. Coutumiers du fait, ils n'en ressentent même plus les effets.

— On avisera, conclut Margon en s'essuyant les lèvres sur le revers de sa manche. Déjà que je lui ai tiré dessus ce matin… Je vais être obligé de jeter mon fusil, bordel de merde !

— Pourquoi ? questionne Gilles.

— Pourquoi ?! Parce que s'ils retrouvent le corps de la fille, y vont retrouver la balle dedans, pauvre crétin ! Et s'ils font une analyse balistique sur tous les fusils de chasse, j'y ai droit ! Alors, je me débarrasserai de cette arme, voilà tout… Tout comme on se débarrassera du cadavre de la fille, d'ailleurs…

— Elle s'appelle Diane, murmure l'aubergiste.

— Hein ? gueule Margon.

— Elle s'appelle Diane, répète Hugues.

Séverin Granet frissonne à l'énoncé de ce prénom. Son estomac se tord. Il réplique, brutalement :

— Et alors ? Rien à foutre de comment qu'elle s'appelle !

— Exact, acquiesce Roland. L'important, c'est qu'elle disparaisse. Le reste, je m'en branle. En route.

Margon reprend la tête des opérations.

Diane…

Il n'a pas oublié son prénom. Ne pense même qu'à ça depuis des heures.

Diane…

Chaque seconde le rapproche du moment où il va l'avoir en face de lui.

Du moment où…

*

* *

Rémy s'est assis quelques instants. Sarhaan refait le pansement sur sa blessure béante, avec des gestes délicats, attentionnés. Avec les moyens du bord.

— Merci…

— Ça fait mal ?

— Oh oui… ! J'ai l'impression qu'un de ces sales clébards me bouffe la guibole, nom de Dieu !

Le Black enlève de la plaie des petits morceaux de feuilles et d'herbe qui s'y sont glissés. Puis, à l'aide de mouchoirs en papier qui serviront de compresses, à l'aide d'un morceau de tissu arraché à ce qu'il reste du pantalon, il confectionne un bandage de fortune.

— On va pas s'en sortir, n'est-ce pas ? murmure-t-il soudain.

— Non, mon vieux, on ne va pas s'en sortir… Je me demande d'ailleurs pourquoi on continue à cavaler comme des cons. Pourquoi on les attend pas ici !

— Parce qu'il y a toujours l'espoir, rétorque le Malien. L'instinct de survie !

— Putain d'instinct de survie ! enrage Rémy.

— Faut pas que tu abandonnes ! Je sens qu'on peut s'en tirer...

— Tu disais l'inverse y a une minute, souligne Rémy avec un triste sourire.

— En fait, je ne te vois pas en train de mourir, explique le Black en lui tendant une main secourable. J'arrive pas à te voir mort !

Rémy se remet debout, grimaçant de plus belle.

— C'est sans doute parce que tu manques d'imagination !

Sarhaan se marre.

— Comment t'arrives encore à rire ? s'étonne Rémy.

— Chez vous, il y a un dicton...

— Les dictons, c'est des conneries !

— Un dicton qui dit : il ne faut pas vendre la peau de l'ours...

— Avant de l'avoir tué, je sais ! Sauf que les ours en question sont bien mal barrés ! Et qu'ils ont une meute de psychopathes au cul... Ces salopards de riches !

— Rien à voir avec leur pognon...

— Le Lord m'a dit qu'ils payaient très cher pour s'amuser avec nous ! T'as entendu, non ?

— Des assassins, y en a partout... chez les riches comme chez les autres.

— Ouais... N'empêche que ceux-là sont bourrés de pognon ! s'entête Rémy.

Ils reprennent leur marathon. Mais l'allure n'est plus aussi vive qu'ils le souhaiteraient. Plus d'essence dans le moteur, tout juste la peur qui les fait encore bouger. Comme un réflexe.

Soudain, Sarhaan s'immobilise.

— Quoi ? demande Rémy. Tu as entendu quelque chose ?

— Pas entendu, vu ! Là, regarde...

Rémy n'aperçoit rien d'autre que des arbres, des feuilles mortes. Tantôt des chênes, des charmes, des châtaigniers. Tantôt des pins. Mais c'est toujours cette saloperie de forêt à perte de vue. Entrecoupée de landes, d'étangs ou de tourbières.

Non, vraiment, il ne voit rien d'intéressant ici.

— On est passés par là ce matin ! s'écrie le Malien.

— Tu crois ?

— Sûr... Je reconnais ce rocher, là ! Je reconnais cet endroit, je te jure ! On est sur le bon chemin, on approche du château, *man* !

Rémy reste bouche bée. S'approcher du château, ce n'est pas trouver la sortie, même si c'est de lui que vient l'idée. C'est simplement revenir à la case départ.

Mais c'est bien là leur seul espoir.

— Tu devrais partir devant, dit-il brusquement. Je ne fais que te ralentir... Il faut que tu t'en sortes et, avec moi, c'est impossible.

Le Malien le considère avec une sorte de tendresse dans le regard. Ce regard noir, profond. Rieur.

— Si on doit survivre, ce sera ensemble. Si on doit mourir, ce sera ensemble.

— Pense à tes gosses, bordel ! Ils ont besoin de toi !

— Il faut que je te dise... Je t'ai menti.

— Hein ?

— Je t'ai menti ; j'ai pas d'enfant... Pas de femme ni d'enfant au pays...

— Ah bon ? Pourquoi t'as inventé ce bobard ?

— J'sais pas... comme ça... Parce que j'ai presque trente ans et...

— Je vois pas le rapport... Enfin, c'est pas important ! Pense à la nana que tu épouseras plus tard et aux gosses que vous aurez ensemble ! Ils auront forcément besoin de toi !

Sarhaan sourit.

— Pour l'instant, c'est toi qui as besoin de moi, homme blanc ! Et moi, j'ai besoin de toi. Alors appuie-toi sur mon épaule et arrête de parler. On a encore de la route à faire.

Rémy se résigne. Heureux que Sarhaan ne le laisse pas pourrir ici, heureux qu'il accepte de rester jusqu'au bout à ses côtés.

De descendre en Enfer, presque en lui tenant la main.

Tandis qu'il marche au milieu des pins, il songe soudain à cette femme. Celle qu'il apercevait parfois, alors qu'elle entrait ou sortait de chez elle, près d'un endroit où il faisait souvent la manche. Une photographe apparemment, vu le matériel qu'elle transportait. Cheveux longs, grande, avec un sourire un peu triste, mystérieux, qui l'intriguait. Un charme qui l'attirait. Elle ne lui a jamais donné le moindre centime. Mais lui a toujours dit bonjour.

Sans se douter de l'importance que ce bonjour pouvait revêtir dans sa morne journée.

Pourquoi pense-t-il subitement à cette inconnue ?

Parce qu'il aimerait la voir sourire, sûrement... Aimerait entendre son bonjour timoré. Ça lui ferait du bien, lui redonnerait la foi.

Il se met à essayer de deviner son prénom. Ça occupe ses pensées, lui permet d'occulter un peu la douleur.

Comment s'appelle-t-elle ? Il aurait dû lui demander... Aurait dû engager la conversation, au moins une fois... Qui sait, il se serait peut-être passé quelque chose entre eux ?

Agnès ? Nathalie ? Marie ?

Non, ça doit être un prénom spécial, un prénom rare.

Un prénom de déesse, peut-être...

Diane regarde sa carte, lève les yeux.

Oui, elle y est presque.

Dans quelques minutes, elle atteindra le GR ; ensuite, du plat jusqu'à la route.

Elle se retourne ; personne à l'horizon.

Elle a du mal à croire qu'elle est arrivée jusqu'ici sans être rattrapée. Mais quel autre chemin auraient-ils pu emprunter ? Celui de gauche était bien plus long.

Ce constat ne la rassure qu'à moitié. Elle sait que le danger est là, toujours à rôder autour d'elle comme un fauve. À planer au-dessus de sa tête, comme un de ces majestueux charognards.

Elle accélère le pas.

Soudain, elle pense à ce type, ce clochard qui mendiait souvent dans sa rue. Ce type, jeune, costaud, qui ne manquait pas de charme malgré sa dégradante condition.

À cet instant, elle se reproche de ne lui avoir jamais rien filé. Jamais une pièce, jamais rien à bouffer. Pourtant, elle en avait envie.

Mais n'osait pas.

C'est gênant de quémander, sans doute. Ça l'est aussi de faire l'aumône.

Non, elle n'a jamais osé. Ne lui a jamais rien donné.

Qu'est-il en train de faire à cette minute ? Sans doute est-il assis en bas de chez elle, à espérer un peu d'argent des passants…

Pourquoi pense-t-elle à lui, maintenant ?

Peut-être parce que son regard recelait des trésors d'humanité, qu'il ressemblait à celui de Clément.

Clément…

Il faudra qu'elle se lance à sa recherche dès qu'elle se sera sortie de ce merdier.

Car si elle survit à cette journée, ce sera un signe ; oui, elle le retrouvera, lui prouvera ce dont elle est capable. Lui racontera qu'elle a pensé à lui pour trouver la force d'avancer.

Mais il aura sans doute refait sa vie...

Marié, deux marmots, trois chats ?

Non, impossible. Elle le saurait, le sentirait.

L'angoisse la submerge. Marche arrière, vite... Oui, il est célibataire, encore. Une aventure de-ci de-là, comme elle. Sans même s'en rendre compte, lui aussi n'attend qu'elle. Elle qui habite encore ses pensées, ses rêves.

Il est parti parce qu'il avait la trouille de s'engager, parce qu'il était trop jeune ; qu'elle était trop amoureuse, qu'elle l'étouffait.

Mais elle a changé, saura lui plaire, le rassurer, regagner sa confiance.

Elle parviendra à l'apprivoiser.

Clément, attends-moi, je t'en prie. J'ai pas fait tout ça pour continuer à souffrir. Mais avec l'espoir que tu veux encore de moi, que tout est encore possible entre nous. Que rien n'est fini.

Tu m'expliqueras pourquoi tu es parti, je te pardonnerai.

Comment ai-je pu te laisser loin de moi si longtemps ?

Comment ai-je pu gâcher ma vie ?...

*
* *

Les chiens sont devant, à nouveau sur la piste.

Concerto de hurlements.

Les chevaux suivent, au galop.

Le Lord mène la danse. Deux de ses larbins qui circulent en 4×4 affirment avoir aperçu le gibier près du carrefour de la Croix. Se dirigeant vers le nord.

Ça colle avec la route suivie par les limiers.

Cette fois, ils vont se faire les deux en même temps.

La journée est bien avancée, ils ne prendront pas le risque de laisser venir la nuit. Il faut les choper avant.

Les deux fugitifs ne doivent en aucun cas voir le crépuscule.

Le Lord encourage ses troupes.

— Ils ont vu le soleil se lever, ils ne le verront pas se coucher !

Un peu de poésie, ça ne fait jamais de mal.

La chasse, c'est poétique, de toute façon. C'est un art en plus d'être un sport.

Surtout la chasse à l'homme.

Le Lord se souvient…

C'était il y a tout juste un an et demi. Au printemps, un joli mois d'avril, un peu froid.

Il ne restait plus qu'une seule proie, ils avaient dégommé les deux autres. Un clodo, d'abord, à peine une heure après le début de la traque. Terrassé par un archer talentueux. Puis ça avait été le tour du second, un réfugié irakien, abattu avec du gros calibre.

Seul le sans-papiers roumain courait encore alors que la nuit approchait.

Infatigable, ce gosse ! Dix-sept ou dix-huit ans, pas plus. Petit, maigrichon. Mais une véritable boule de nerfs !

Il les avait fait cavaler tout l'après-midi. Jusqu'à ce qu'il s'arrête enfin, à bout de forces.

Le Lord se souvient…

Les chevaux qui encerclent la proie, les chiens qui hurlent à la mort.

Le jeune homme terrorisé, dont le cœur menace d'éclater. Dont les muscles refusent d'obéir.

Il se souvient aussi de ce client, si particulier. Il portait un flingue à la ceinture, tous pensaient qu'il allait tirer sur le Rom. Mais ça ne s'est pas passé ainsi, non. Il désirait autre chose. Cultivait d'autres fantasmes.

Et le client est roi, telle est la devise de la maison…

Ce type arrivait tout droit des États-Unis ; un richissime homme d'affaires d'origine canadienne, à la tête d'un véritable empire ; marchand d'armes, notamment. Qui en avait peut-être assez d'assassiner par procuration.

Avec un calme olympien et des gestes minutieux, il a noué une corde autour de la cheville du Roumain, puis a attaché l'autre extrémité à la selle de son cheval. Avant de partir au galop sur une piste, traînant son prisonnier sur plusieurs centaines de mètres.

Les cris, les supplications. Puis, rapidement, le silence ; avec juste le bruit lourd des sabots. Le corps qui se casse, le crâne qui se fend, le sang qui se répand, la peau qui s'arrache, s'effile comme du coton.

Le Lord se souvient…

Amas de chairs à vif, membres brisés, bouche crispée.

Après tant de kilomètres parcourus, tant d'efforts et de résistance, ce gosse méritait mieux que ça. Une fin plus glorieuse.

Mais le client est roi.

Le reste, c'est sans importance…

16 h 15

Sauvée !

Diane arriverait presque à sourire.

Presque. Si elle n'était pas au bord de l'épuisement. Si elle ne souffrait pas autant.

Elle pose le pied sur le large sentier en corniche, comme on pose le pied sur la terre ferme après une tempête en haute mer. Ce sentier qui la mènera à la route, puis au village.

Celui qui la conduira à la liberté.

À la survie.

À Clément.

Enfin, ça ne grimpe plus. Elle boit une gorgée d'eau glacée, s'imaginant qu'elle sirote un thé bouillant. À la menthe, avec des pignons.

Bientôt, Diane. Très bientôt.

Elle reprend son pèlerinage, ses jambes flageolent un peu. Ses pieds arrivent tout juste à se soulever, elle bute sur chaque caillou saillant.

Mais elle marche.

C'est alors qu'elle le voit. Surgi de nulle part.

Comme une bête sauvage.

Elle croit d'abord à une apparition, une hallucination, un mirage.

Non, il est bien là, juste en face d'elle, au beau milieu du sentier.

Là, cet homme vêtu de kaki.

Fusil à la main, sourire aux lèvres.

17

Diane reste immobile, incrédule, muette.

Puis, doucement, elle tourne la tête. Les trois autres sont derrière, bien sûr. Ils étaient juste en embuscade dans les fourrés.

Ils l'attendaient.

Ils ne l'ont pas suivie, non. Se sont montrés plus intelligents que ça en lui tendant un guet-apens.

— Tu nous auras fait courir, putain ! lance Margon en s'avançant.

Aucune issue, cette fois. Sauf à se jeter dans le ravin. Mais c'est ce qu'ils aimeraient qu'elle fasse. Pour ne pas avoir à la tuer. Juste à la regarder crever.

Alors, elle ne tente rien.

Ses dernières forces l'abandonnent, fuyant lentement hors d'elle, coulant contre sa peau, s'évaporant dans la grisaille.

Elle a peur, bien sûr, mais pas tant que ça finalement. Résignée à mourir, déjà ? Ou simplement trop épuisée pour avoir la trouille ? La peur est si gourmande en énergie…

Curieusement, elle ne songe pas à l'avenir. Parce qu'elle n'en a plus ?

L'impression que le temps vient de se solidifier, emprisonné dans une sorte de bulle hermétique. Que ses poursuivants ne bougeront pas, resteront pétrifiés dans ce décor, éternellement.

Comme elle.

Ils se fossiliseront là, tous les cinq, jusqu'à la fin des temps. Des archéologues du futur les découvriront, intacts, sous une épaisse couche de terre ou de roche.

Ça ne dure que quelques secondes. Ce moment où ils se regardent, s'épient, se jaugent. Ce moment où ils la condamnent à mort.

Quelques secondes qui, pourtant, lui semblent suspendues en l'air, infinies.

Interminables.

Elle voit des choses bouger, mais c'est seulement le fruit de son imagination.

Ça bouge dans sa tête, oui. Ça s'agite, comme dans un bocal trop étroit.

Souvenirs qui s'invitent, en ce moment crucial. Qui se manifestent, au dernier moment.

Encore plus étrange : ces souvenirs-là, c'est la première fois qu'ils remontent à la surface. Elle se remémore des choses enfouies si profondément dans son inconscient, qu'elles n'auraient jamais dû en être exhumées. Cette scène qu'elle revit pour la première fois depuis…

… Elle n'a pas quatre ans. Trois et demi, peut-être. Voire moins. Comment savoir avec précision ?

Il fait nuit, elle est dans la maison. Celle où elle a passé ses premières années, sans doute. Des bruits inhabituels l'extirpent de son sommeil paisible.

Une chambre, de la moquette beige au sol. Une pâle lumière provenant d'une veilleuse.

Diane avance doucement, échappée de ses rêves. Avec l'impression de commettre une bêtise, une chose interdite.

Un couloir, tout aussi sombre.

Des cris, effrayants. Ceux de sa mère. Et ceux d'un homme. Mais ce n'est pas son père…

Diane continue, malgré sa terreur grandissante. Ses pieds nus foulant la moquette un peu revêche, sa main miniature collée au mur.

Plus haute marche de l'escalier, elle s'assoit.

Les cris, toujours. Deux voix se mêlent, se heurtent, s'affrontent dans un duel violent. La voix de maman, d'ordinaire si douce. Et celle d'un inconnu.

Elle descend lentement une seconde marche, puis une troisième.

Champ de vision étroit, mais suffisant pour voir…

…

Diane pousse un hurlement ; Margon vient de la saisir par le col de son blouson. Elle ne l'avait même pas vu approcher. À dix mille lieues de là, dans cet escalier obscur… Quelque trente ans en arrière.

— Ta gueule ! ordonne le pharmacien.

Diane se débat, lui file un coup de pied dans le tibia ; à son tour de crier.

Mais contre qui se défend-elle ? Contre ce chasseur qui la traque depuis le matin ? Ou contre ce type, en bas de l'escalier ?…

Elle navigue entre deux endroits, deux époques de sa vie.

Entre le début et la fin.

Finalement, elle est déjà morte, mais ne le savait même pas.

Ne s'en souvenait plus, avait juste oublié.

Comme quoi on peut mourir plusieurs fois...

Elle revient dans le présent, se concentre sur le visage marqué du pharmacien, sur ses yeux labourés de haine.

Cernée, elle n'a pas d'échappatoire, se contente de reculer. Dos au précipice.

Margon tente à nouveau de l'attraper, elle esquive, titube, perd l'équilibre...

...

Diane s'est souvent demandé pourquoi.

Pourquoi quelque chose en elle était cassé. Pourquoi ce rouage défectueux.

Simple fêlure, mettant en péril l'édifice. Lézarde dans les fondations de sa propre existence.

Elle a toujours souffert, sans connaître l'origine de cette douleur.

Sans pouvoir identifier les racines du mal.

Aujourd'hui, en cette fin d'après-midi, alors qu'elle se sent aspirée par le vide, elle comprend enfin.

Tout continue à tourner au ralenti, comme pour lui laisser le temps de réaliser. De repasser le film, une dernière fois.

Assise sur la troisième marche de cet escalier maudit, elle garde la bouche ouverte. Ses yeux pleins de sommeil, d'insouciance, s'arrondissent démesurément.

Un inconnu casse tout dans la pièce. Un typhon, un ouragan ; un monstre tels ceux peuplant les histoires lues par ses parents.

Un ogre.

Il hurle, enchaîne de grands gestes désordonnés. Il ne marche pas droit, comme si le sol était mouvant.

Ses prunelles sombres crachent la haine, ses poings demeurent serrés.

Il profère d'étranges menaces, Diane ne comprend rien.

N'a rien compris, à l'époque.

Il parle de prison, dit que c'est sa faute, que c'est à cause d'elle s'il a passé tant d'années enfermé.

Pourquoi tu es allée tout leur raconter ? Pourquoi t'as pas fermé ta gueule ? Pourquoi t'as détruit ma vie et celle de ta mère ? Pourquoi tu as détruit ta propre famille ? Maintenant que je suis dehors, tu vas me le payer !

Sa mère pleure. Elle crie, aussi, l'assommant de reproches, à son tour.

T'avais pas le droit de me faire ça, espèce de salaud ! La prison, tu l'as méritée ! T'avais pas le droit de me faire ça ! C'est à cause de toi que maman est morte, pas à cause de moi ! C'est toi qui l'as tuée ! Toi, et personne d'autre ! Elle est morte de chagrin, à cause de toi... À cause de toi !

Soudain, l'inconnu se précipite vers elle, la frappe violemment. La voilà à terre, sur le carrelage ocre du salon. La voilà, avec du sang perlant jusque dans ses yeux.

Diane, terrorisée, se met à crier, elle aussi.

L'homme se détourne de sa proie gisant sur le sol, son regard croise celui de l'enfant. Il s'approche, se plante en bas de l'escalier. Imposant, immense, sombre.

Démoniaque, maléfique.

Il monte les marches, Diane ne peut plus bouger. Tétanisée par cette apparition.

Elle appelle.

Maman.

Papa, qui n'est pas là.

Pourquoi n'est-il pas là pour les protéger ? Celui qu'elle admire tant. Le plus fort de tous…

Elle appelle, en vain. Dans le vide.

L'inconnu a fondu sur elle, la soulève.

Je vais tuer ta gamine ! Je vais tuer ta fille, t'entends ?!

Diane hurle de plus belle, en proie à un indicible effroi. L'homme la secoue, tel un vieux paquet de linge sale. Si fort que sa tête heurte le mur de la cage d'escalier.

Je vais la tuer !

Sa mère supplie, à présent. Elle se relève, bras tendus devant elle comme pour empêcher le pire.

Non, ne lui fais pas de mal, elle n'y est pour rien ! Papa, non…

L'inconnu essaie de descendre l'escalier, tenant toujours Diane prisonnière de ses bras, deux étaux puissants qui l'écrasent. La broient.

Sa mère s'est emparée d'une sculpture en bronze trônant sur la cheminée.

Il rate une marche, tombe. Diane avec lui. Chocs successifs, cris de sa mère.

Et puis, le noir complet.

…

La chute s'arrête enfin.

Diane se retrouve les deux pieds sur le sol, collée à son ennemi.

Roland l'a rattrapée *in extremis*, alors qu'elle basculait dans le vide.

Pourtant, ça aurait été si simple, il aurait même pu l'aider. La pousser pour qu'elle s'écrase vingt mètres plus bas. Mais la pente n'est pas assez forte, elle aurait pu s'en tirer.

Il aurait fallu l'achever.

Et cet endroit étant bien trop exposé, on y retrouverait son corps dans les quarante-huit heures.

Diane rouvre les yeux sur ceux de Margon. Elle sent son haleine alcoolisée, son odeur âcre de transpiration, celle de ses vêtements humides.

Elle le fixe, sans un mot. Juste avec une terrible nausée.

— Tu vas venir faire un tour avec nous…

Enfin, Diane reprend ses esprits.

Trouver une solution, les mots, l'idée de génie qui la sortira de ce bourbier.

— Si vous me tuez, vous irez en taule !

— Ça, ça m'étonnerait, chérie… Je crois même que c'est l'inverse ! C'est si on te laisse partir qu'on ira en taule !

— Je ne vous balancerai pas ! promet-elle. Je dirai rien, je vous jure !

En cette seconde, elle est sincère comme elle ne l'a peut-être jamais été.

En vain.

— Ta gueule…

— Laisse-la parler ! ordonne soudain Séverin Granet.

— Pour quoi faire ? rugit le pharmacien. Pas le temps d'écouter ses conneries !

— Si, écoutez-moi ! implore Diane. Je vous jure que je ne dirai rien à personne de ce qui s'est passé ! Vous avez eu raison de le tuer, c'était un assassin !

Roland sourit. Un sourire qui la glace de la tête aux pieds.

— Tu me prends vraiment pour un con, hein ? Tu crois que je vais gober ça ? Désolé, c'est pas ton jour de chance…

Il la pousse au milieu du chemin.

— Maintenant, tu avances et tu la fermes.

— J'irai nulle part ! Si vous voulez me tuer, allez-y !

— Peut-être qu'elle dit vrai ! intervient Hugues. Écoutez, mademoiselle, on peut vous donner de l'argent si vous gardez le silence...

Diane sent la faille. La brèche qui scinde le groupe.

Margon d'un côté, décidé à la tuer. Prêt à tout pour sauver sa peau.

Les trois autres, beaucoup moins enclins à l'éliminer. Qui hésitent.

Elle s'approche de l'aubergiste.

— Je ne veux pas de votre argent, je ne veux rien ! Juste rentrer chez moi... Je ne parlerai jamais de ce que j'ai vu ce matin, je vous le jure !

Hugues est surpris ; il trouve suspect qu'elle ne veuille pas de son blé.

— Bon, ça suffit maintenant ! aboie Roland. On perd du temps pour rien ! Hors de question qu'on prenne le moindre risque ! Alors on fait comme on a dit !

Il empoigne Diane par le bras, pile sur sa blessure. Elle hurle, se tord de douleur, essaie de se libérer, de le frapper. Mais c'est elle qui reçoit une gifle retentissante.

— Écoute-moi bien, murmure le pharmacien, tu vas te tenir tranquille et aller où je te dis... Sinon, tu vas passer un sale quart d'heure, compris ?

Elle cesse de se débattre, se laisse entraîner, trop épuisée pour engager une lutte perdue d'avance.

— Allez ! ordonne Margon. Si tu essaies de t'échapper, je te le ferai regretter...

Séverin devant, Hugues à sa gauche, Gilles à sa droite.

Roland, sur ses talons.

Escorte funeste.

Où l'emmènent-ils ? Dans un endroit discret, retiré.

À quoi bon ? Elle n'a croisé personne, aujourd'hui. Ils pourraient l'abattre là, sans témoin.

C'est alors qu'elle devine leur plan. Ils ne veulent pas qu'on la retrouve, veulent faire disparaître son corps, comme ils ont fait disparaître celui du jeune marginal. Mais ne veulent pas se donner la peine de transporter son cadavre.

La jetteront-ils au fond d'un puits ou d'une mine désaffectée ? Creuseront-ils un trou dans la terre ?

La tueront-ils avec leurs fusils ou…

La peur revient, comme un coup de fouet. Elle se met à trembler, à pleurer.

Le mieux serait de s'allonger là, au milieu du chemin. Pour retarder la réalisation de leur dessein.

Tu vas te tenir tranquille et aller où je te dis… Sinon, tu vas passer un sale quart d'heure…

Que pourrait-il m'infliger de pire que la mort ?

Elle se retourne furtivement, croise le regard de Margon. Où elle lit, comme dans une eau claire ; oui, il pourrait me faire subir bien pire…

Alors, elle se résigne.

Tous ces kilomètres pour rien. Pour retarder l'échéance, seulement. Pour se retrouver dans le couloir menant à l'échafaud.

Les matons l'entourent, le bourreau la suit ; il ne manque que le curé et sa Bible pour l'ultime confession.

Pas besoin de ça ; rien ne vient alourdir sa conscience.

Des regrets, elle en a, bien sûr. Des remords, des manques qui ne seront jamais comblés, des questions jamais élucidées.

Mais il y en a pourtant une qui a trouvé sa réponse. Une énigme presque aussi vieille qu'elle.

Papy a disparu alors qu'il visitait un pays lointain ; on ne l'a jamais retrouvé... Disparu dans l'Himalaya...

Il était dans le salon, mon grand-père. En train de hurler et de frapper maman.

Il était dans le salon, alors qu'il venait de sortir de prison pour l'avoir violée.

Diane n'a plus aucun doute, tout est devenu limpide dans son esprit. La brume s'est dissipée, le brouillard s'est levé sur l'atroce vérité.

Il n'a jamais mis les pieds au Népal, n'a jamais été un héros, un aventurier.

Seulement un père incestueux, un salaud.

Qui a essayé de me tuer.

Moi, sa petite-fille.

Moi, Diane.

Pendant toutes ces années, je le savais mais l'avais occulté.

Pourtant, dans ma chair, les souffrances maternelles sont gravées, tatouées en lettres de sang. Je les porte dans mes gènes, dans chaque parcelle de mon corps.

Je les partage avec celle qui m'a donné la vie.

Celle qui a dû envoyer son propre géniteur en prison.

Et qui a dû le renvoyer, encore, après qu'il a essayé de me tuer.

À moins qu'elle ne lui ait fracassé le crâne avec la statue en bronze puis enterré dans le jardin.

Comment savoir ?

Je ne pourrai jamais le lui demander, je vais mourir dans cette ignorance.

Cette insoutenable ignorance...

Mais si elle l'a tué, c'était pour me protéger. Elle aura eu raison.

Comme elle avait eu raison de le faire condamner.

Diane marche, avec la conscience soulagée du mensonge, avec l'impression de partir les yeux ouverts.

Diane marche, depuis le matin, avec toute la force dont la nature l'a dotée.

Elle a tout tenté, tout essayé.

N'a rien à se reprocher.

Ça n'enlève ni la peur ni l'injustice. Juste la culpabilité.

Clément, je ne te reverrai jamais. Tu ne sauras pas à quel point tu me manques.

Soudain, Séverin Granet s'arrête. Les autres l'imitent.

— Merde, murmure-t-il.

Une voiture blanche arrive en face ; elle est encore loin, cependant.

Le cœur de Diane s'emballe. Reprend vie à une vitesse hallucinante. Le véhicule disparaît dans un virage. Roland Margon attrape sa proie par le blouson, la jette dans les bras de Gilles.

— Va te planquer avec elle, vite !

— Mais…

— Ta gueule ! Monte dans les bois, magne-toi !

Gilles s'empare de la jeune femme, la force à quitter la piste pour aller se réfugier à l'abri des fourrés.

Diane hurle.

Au secours. À l'aide.

Mais la voiture est trop éloignée, encore.

— Pourquoi on va pas avec eux ? s'étonne Séverin.

— Trop tard, il nous a vus, répond Margon.

— Mais il a vu la fille, tu crois ? demande Hugues d'une voix paniquée.

— Non… Juste un groupe de chasseurs… Soyez naturels, les gars… Il va nous passer un savon.

La voiture marquée du logo du Parc national arrive enfin à leur hauteur, s'immobilise. Le garde sort ; un mec d'une cinquantaine d'années qui a oublié son sourire au vestiaire.

— Bonjour, messieurs... Vous savez que vous n'avez pas le droit d'être ici avec vos armes... ? Vous êtes en zone protégée.

— Oui, on sait, réplique posément Margon. Mais on ne chasse pas ici...

Le garde se contente de sourire. Ben voyons !

— On chassait plus bas, bien en dessous de la Louve... Ma chienne s'est sauvée. On lui a cavalé après toute la journée ! Et on vient de la retrouver juste au-dessus, on redescendait...

Un peu plus haut, derrière un rideau végétal, Gilles bâillonne Diane et essaie de la tenir en respect. Mais elle se débat violemment.

Gilles, c'est un costaud, même s'il semble chétif à côté de Margon. Il a plaqué sa prisonnière face contre terre, s'est mis à califourchon sur son dos, a collé sa main sale sur sa bouche.

Elle étouffe, le visage dans le sol humide, cette main répugnante contre ses lèvres.

Elle voudrait crier, alerter le type d'en bas. Cet homme en uniforme, qui représente l'ordre, la civilisation, la justice.

Sa dernière chance de rester en vie.

En bas, justement, le garde passe à l'offensive. Cette histoire de clébard fugueur ne le satisfait guère. Toutes les excuses sont bonnes pour venir braconner là où il y a le plus de gibier ! Il demande aux chasseurs leur pièce d'identité et leur permis.

Hugues a une attaque soudaine de tremblements, Margon le calme d'une œillade assassine.

Séverin, qui connaît un peu l'agent du Parc, tente d'arranger la situation.

— Écoutez, monsieur Madret, je comprends que notre présence ici vous dérange, mais je vous assure que nous voulions juste retrouver Katia... C'est une bonne chienne, parfaitement dressée ! Elle vaut de l'or... C'est pas dans nos habitudes de braconner, vous le savez, non ?

— Ouais, marmonne le fonctionnaire en leur rendant leurs papiers.

— Vous voyez bien qu'on n'a pas de gibier sur nous ! ajoute Margon.

— O.K... Vous vous dirigez immédiatement vers la zone périphérique, c'est compris ?

— C'est ce qu'on était en train de faire !...

Quinze mètres plus haut, Diane ne cesse de gigoter. Gilles lui maintient les bras dans le dos, elle souffre le martyre. Soudain, son pied dérape, il perd l'équilibre. Sa main glisse, Diane lui mord un doigt, en y mettant ce qui lui reste de vigueur. Elle sent ses crocs s'enfoncer férocement dans la chair ennemie.

Goût de sang.

Gilles laisse échapper un cri, au moment où le garde remet le contact de son 4×4.

Diane parvient à libérer son bras gauche ; Junior reçoit son coude en pleine mâchoire. Il vacille, tombe.

Elle se relève, lui assène un coup de pied dans la tête, puis se met à hurler.

Au secours, à l'aide !

Elle voit la voiture blanche s'éloigner.

Au secours, à l'aide !

Trente secondes trop tard.

Le type roule vitres fermées, il reste sourd.

Mais pas aveugle.

Les trois autres demeurent figés au milieu du sentier, encore dans le champ de vision du garde qui, sans doute, les observe dans son rétroviseur. Partir en courant serait pour le moins suspect.

Diane prend la tangente. Elle monte à travers bois, laissant Gilles un peu sonné.

Elle a pensé à voler son fusil. Ça la ralentit…

Les autres s'élancent à sa poursuite.

L'histoire recommence.

Sauf que son avance est moindre ; sauf qu'elle puise dans ses ultimes forces.

Il lui en reste. Pourtant, elle croyait être au bout…

L'histoire recommence.

Sauf que Diane est armée. Et que la route n'est plus très loin…

L'histoire recommence, sauf qu'elle approche forcément de la fin.

18

Sarhaan est né en dernier.

Le dernier à être sorti du ventre fatigué de sa mère qui avait déjà donné la vie à trois autres enfants. Trois filles.

Sa mère, il ne l'a pas connue longtemps. Elle est morte alors qu'il n'avait que six ans. Mais son père a pris une nouvelle épouse, plus jeune. Et Sarhaan a vu naître deux demi-frères.

Il a grandi dans la région de Kayes, sur les rives du fleuve Sénégal.

Un jour, son paternel a vendu quelques bêtes et lui a confié ses maigres économies en lui expliquant qu'il fallait partir, qu'il était temps de tenter l'aventure.

Ça signifiait quitter le Mali pour aller gagner de l'argent en Occident. Pour devenir un homme. Pour rester digne.

Sarhaan n'avait que vingt et un ans mais s'était préparé à cette idée. Comme la plupart des jeunes Maliens, il rêvait de la société de consommation.

Aller au fast-food, s'acheter des Nike.

Il ne connaissait l'Europe qu'à travers des films ou de la télévision. Autant dire qu'il n'en connaissait rien.

Mais il convoitait simplement ce qu'il n'avait pas.

Quoi de plus tentant que ce qu'on ne possède pas ?

Il avait souvent entendu des hommes raconter que là-bas, c'était facile. Que là-bas, c'était le paradis.

Ils mentaient. Pour cacher les souffrances endurées, leurs misérables conditions de vie. Leurs échecs ou désenchantements.

Mais ça, Sarhaan l'ignorait.

De toute façon, il fallait bien gagner suffisamment d'argent pour nourrir ses parents prenant de l'âge. Ses sœurs s'étaient mariées, avaient quitté leur famille ; ses demi-frères étaient encore trop jeunes pour partir ou travailler.

En Afrique, le fils doit nourrir le père. Il ne doit pas représenter trop longtemps une charge pour ses parents. Sous peine de voir le déshonneur s'abattre sur lui.

Sarhaan a choisi la voie du désert. Moins risquée, d'après ses renseignements, que celle de l'Océan. Le voyage a été long, périlleux, semé d'embûches. Il s'est arrêté au Maroc, y est resté six mois pour gagner un peu d'argent et engraisser un passeur.

Enfin, il a atteint la France, débordant d'angoisse, d'enthousiasme, d'illusions.

Mais son ivresse n'a pas duré longtemps ; trois mois à peine après son arrivée, il est tombé sur un contrôle policier. Charter, direction Bamako, la capitale de son cher pays…

Une ville inconnue. Pourtant, hors de question de retourner au village natal ; d'affronter la honte.

Celle d'avoir échoué, d'être un incapable.

Un déshonneur qui aurait éclaboussé toute la famille.

Une insoutenable humiliation.

Alors, il a survécu tant bien que mal au sein de l'immense capitale grouillante de vie et de tumulte.

Pendant plus d'un an, il a enchaîné les petits boulots sur les marchés ou ailleurs, dans l'espoir de glaner suffisamment d'argent pour repartir vers son éden occidental.

C'est là que sa vie a basculé.

C'est là qu'il est devenu un meurtrier.

Ça s'est passé si vite. Incroyablement vite. D'une seconde à l'autre, tout a changé.

Un peu trop d'alcool, un peu trop de colère. Une bagarre qui dégénère. Il veut se protéger, sort son arme blanche. Qui finit plantée dans l'abdomen de l'autre, sans qu'il sache vraiment comment.

Il a tué un homme, aussi jeune que lui. Sans véritable mobile.

Le voilà avec du sang sur les mains. Le voilà fuyant Bamako.

Il n'a jamais été inquiété pour ce crime. Ni soupçonné ni arrêté.

Il n'a jamais payé.

Si.

Il paie chaque jour. Car chaque minute, il y pense. Chaque minute, il affronte les yeux révulsés de sa victime agonisante, reçoit son dernier souffle en pleine figure.

Il avait une nouvelle raison de quitter sa terre natale, alors il a tenté sa chance une seconde fois. À vingt-deux ans, il est reparti à l'assaut de la France.

Le second voyage s'est éternisé. Mais il est arrivé. S'est installé à Montreuil, d'abord. Puis à Sarcelles.

Son rêve s'est étiolé, lentement. Effiloché sur les barbelés de la réalité.

Louer un *studio* dans un immeuble pourri pour une somme exorbitante, bosser sur les chantiers. Dans la crainte quotidienne de l'expulsion.

Mais, enfin, il a pu envoyer un peu d'argent à sa famille ; quelques nouvelles, aussi.

Six longues années en France, où il a réussi, cette fois, à échapper aux contrôles pourtant nombreux.

Les flics ont des comptes à rendre, un chiffre à faire ou un chiffre d'affaires… Des objectifs à atteindre. Que ça leur plaise ou non.

Alors, ils les traquent sans relâche.

Mais ils ont encore du pain sur la planche… !

Sarhaan s'est adapté tant bien que mal à sa nouvelle vie, si loin des rives du fleuve Sénégal. Si loin de la chaleur de son pays.

Finalement, le fast-food, c'est plutôt dégueu. Et les Nike, il n'a pas de quoi se les payer.

Il a juste un travail, un toit, quelques copains de la même couleur que lui. Pas si mal, quand on y réfléchit.

Il a découvert un bouquiniste sympa qui lui a filé un ou deux romans. Au début, Sarhaan a lu avec difficulté. Puis avec avidité, dévorant les livres les uns après les autres.

Une véritable boulimie. Un insatiable appétit.

Ça le faisait voyager, ça lui changeait les idées.

C'était beaucoup plus digeste que le fast-food… Beaucoup plus abordable que les Nike.

Et puis, un jour, il a rencontré Salimata.

La divine Salimata.

Une jeune Malienne, bardée de diplômes, docteur en biologie ; qui se tape le ménage dans un hypermarché de la banlieue parisienne. Envoyée par sa famille en France, pour rembourser ses coûteuses études.

Tout de suite, Sarhaan a compris que c'était elle.

Au début, il n'a pas osé poser ses mains sur elle.

Ses mains pleines de sang.

Alors c'est elle qui a posé ses mains sur lui…

Ils projetaient de vivre ensemble. De fonder une famille, au pays. Car ici, ils ne seraient jamais que des clandestins, des immigrés, des exclus.

Oui, ils avaient des projets.

Maintenant, le seul projet de Sarhaan est de survivre. Là, dans cette forêt, pourchassé par une horde d'aliénés.

Sarhaan est persuadé que ce qui lui arrive n'est pas le fruit du hasard.

Il est ici parce qu'il a tué. Parce que ses mains sont maculées d'horreur.

Parce qu'il n'est qu'un meurtrier.

Parce qu'il ne méritait pas Salimata.

Il savait qu'un jour il paierait pour son crime, d'une façon ou d'une autre. Il se savait en sursis.

Il avait envisagé beaucoup de punitions. Mais pas celle-là.

Allah fait preuve de beaucoup d'imagination, parfois.

Adieu, cher Mali.

Adieu, mes chères sœurs, mon cher père.

Adieu, la France.

Adieu, Salimata…

19

Les aboiements se font plus précis, pressants, présents.

Même pas des aboiements d'ailleurs ; lugubres complaintes qui résonnent, ricochent sur l'âme, à l'infini. Blessent, encore et encore.

Rémy s'arrête une fois de plus. Sarhaan, compatissant à son calvaire, lui accorde quelques secondes.

Mais quelques secondes, ça passe vite.

— Faut y aller, *man*…

— Fous-moi la paix ! hurle soudain Rémy.

Le Malien reste un instant sans voix. Le supplice, sans doute, aura rendu son compagnon agressif.

— Je sais que tu souffres, mais on ne peut pas rester là… Faut les semer et…

— Les semer ? ricane Rémy avec une âpre grimace. Comment ? Avec un hélico ? T'as un hélico, toi ?!… Non ? Alors ta gueule… !

Sarhaan serre les dents. Il shoote dans une vieille branche qui jonche le sol. Regarde le ciel, puis la terre, respire profondément, poings sur les hanches.

— Arrête de gueuler et viens, ordonne-t-il d'une voix posée.

— Non ! On n'est pas sur le bon chemin, t'as dit des conneries ! Tu dis que des conneries, de toute façon… !

Sarhaan soupire.

— On est passés par là ce matin… Je reconnais l'endroit.

— Tu reconnais que dalle, pauvre con ! Ce putain de manoir est à l'opposé si ça se trouve ! Et moi, je t'ai écouté, je t'ai suivi ! Avec ma guibole en sang… Faut jamais faire confiance aux mecs comme toi…

Cette fois le Black se rebiffe. Sa patience a des limites. Elle est d'ange, pourtant…

Il empoigne Rémy par son blouson, le plaque rudement contre le tronc d'arbre le plus proche.

— Me cherche pas ! Me pousse pas à bout ! Tu sais pas de quoi je suis capable !

— Non, je sais rien de toi ! De toute façon, tu mens comme tu respires… Lâche-moi, maintenant ! Enlève tes sales pattes !

Sarhaan se reprend, le libère ; ses yeux reflètent incompréhension, affliction. Désarroi et tristesse.

— T'as qu'à aller où tu veux ! vocifère Rémy d'un ton d'aliéné. Puisque t'es sûr que c'est par là, vas-y ! Allez, va !… Tu peux même aller te faire foutre si ça te chante ! Moi, je pars dans l'autre sens… J'ai plus envie d'écouter tes conneries ! Allez, dégage ! Barre-toi, je t'ai assez vu !

Sarhaan hésite. Il recule. L'homme blanc serait-il en train de devenir fou ? Apparemment, oui. Fou de douleur, de rage, de peur.

Il perd la raison. Tout simplement.

Trop de choses à supporter depuis le matin, sans doute.

— Je veux pas te laisser seul dans ton état… Viens avec moi, fais pas le con !

— J'ai pas besoin d'un type comme toi ! J'ai pas besoin de toi… Je m'en sortirai mieux sans toi ! Je m'en serais déjà sorti sans toi !

Soudain, le Malien le prend par le bras et essaie de l'entraîner de force. Mais Rémy ne l'entend pas ainsi. Il se débat, gigote, joue des poings, rugit.

— Lâche-moi, nom de Dieu !

— Merde ! s'écrie Sarhaan en laissant tomber. T'es devenu cinglé !

Impossible de le maîtriser. Un forcené.

— Allez, barre-toi ! Casse-toi, putain !

Le Black lui jette un dernier regard. Sans amertume, ni haine. Juste une blessure. Un adieu.

Quelques pas à reculons puis il tourne le dos et se remet à courir.

Alors que Sarhaan a presque disparu, Rémy sourit et murmure :

— Bonne chance, mon ami…

*
* *

Roland Margon ne dit rien. Il se contente d'avancer, aussi vite qu'il peut, scrutant sans relâche les parages.

Derrière, Séverin suit, tant bien que mal.

Un peu plus loin, Hugues et Gilles ferment le cortège silencieux. Gilles, dont le visage porte les stigmates cuisants de son échec. Plus un nouvel hématome ; celui qui résulte de la rencontre entre sa mâchoire inférieure et le poing vengeur de Margon qui n'a pas digéré leur dernière mésaventure.

Maintenant, il leur faut tout recommencer. Retrouver leur gibier en fuite, armé qui plus est.

Maintenant, ils approchent de la route. De la catastrophe.

À cause de ce jeune con, incapable de maîtriser une gonzesse épuisée.

Margon observe les réactions de Katia. Semblant avoir flairé quelque chose, elle suit une piste. Un sanglier, un chevreuil, un lièvre ? Une photographe ? Comment savoir ?

Elle n'est pas loin, pourtant. Elle n'a pas pu prendre beaucoup d'avance. Trois bonnes minutes, à tout casser.

Autant dire rien.

Sauf que le terrain joue en sa faveur ; végétation dense, emmêlée, dénivelée chaotique. Que d'endroits pour se planquer !

Si ça se trouve, ils sont passés tout près d'elle sans la voir. Mais Katia l'aurait sentie, sans doute.

Quoiqu'elle soit dressée au gibier, pas au photographe en fuite.

Putain de journée…

*
* *

17 h 00

Sarhaan s'immobilise.

Il vient juste de comprendre.

Comme une lumière qui se serait allumée dans son cerveau.

Tilt.

Rémy lui a offert sa vie.

Il se retourne, se heurte au désert végétal, hostile.

Envie de chialer. De hurler. De tout abandonner.

Faire marche arrière pour récupérer Rémy ? Il ne sera plus là où il l'a laissé, sans doute parti en sens inverse pour attirer la meute à ses trousses, pour jouer la diversion.

C'est pour cela qu'il m'a insulté, frappé. Il savait que ce serait l'unique moyen pour que je me sépare de lui. Et moi, j'y ai cru.

L'épuisement, la peur. Voilà ce qui a obscurci son jugement.

Il s'en veut. À mort.

Alors, le brave Sarhaan se met à sangloter.

Enfant terrorisé, triste, coupable, qui s'écroule à genoux face à un arbre, front posé sur l'écorce. Se laissant submerger par une infinie détresse.

Les aboiements se sont éloignés.

Ils sont si près de Rémy, désormais.

Tandis que Sarhaan pleure toutes les larmes de son corps, avec l'impression horrible d'avoir tué pour la seconde fois.

*
* *

Diane s'est assise derrière un vieux muret à moitié délabré, qui autrefois délimitait sans doute un domaine. Elle essaie de reprendre son souffle, respirant avec difficulté. Avec douleur.

Avec acharnement.

Malgré la température qui tombe rapidement, son front est moite. Elle boit les dernières gouttes contenues dans sa gourde puis consulte sa carte déchirée, l'oreille aux aguets, le cœur en alerte.

Bientôt, le crépuscule la rattrapera.

Puis la nuit. Avec son cortège de silhouettes effrayantes, de bruits non identifiés, de peurs d'enfant.

Avec son froid, mortel.

Elle se relève, toujours sur ses gardes.

Calme étrange.

Seulement le vol rapide, furtif, d'un gracieux pèlerin se faufilant entre les arbres ; regard acéré, serres d'acier, équilibre parfait.

Seulement les pas lointains d'une biche. Si discrète que Diane ne la verra pas.

Seulement la vie, toujours présente, jamais ostentatoire que recèle cette forêt, tel un trésor. Cette forêt qui deviendra peut-être sa dernière demeure.

Son caveau, sa sépulture.

L'endroit où elle tombera dans l'oubli.

Elle se remet en marche. Son pied dérape, sa cheville se tord, puis son genou.

Elle chute, se relève. Récupère le fusil qu'elle comprime dans sa main gauche.

Si j'en vois un, je tire. Même si je n'ai plus qu'un seul bras.

S'ils m'approchent, je les bute, l'un après l'autre. Je les massacre tous…

Légitime défense.

Violence légitime.

*
* *

17 h 15

Rémy ne pensait plus pouvoir avancer. Avancer, encore.

Vers la mort.

Il ne pensait pas, un jour, trouver le courage de creuser sa propre tombe.

Les hurlements sont proches, maintenant.

Là, juste derrière lui.

Comme une brûlure intolérable dans son dos ; une musique infernale dans ses oreilles.

Là, si près… Il se retourne. Rien.

Avancer, encore.

Avec deux morceaux de bois en guise de béquilles, il marche. Il ramperait, s'il le fallait.

Les éloigner le plus possible de Sarhaan. Les emmener de l'autre côté.

Il se doutait que les chiens suivraient sa trace. Celle du sang.

Il a même frotté sa jambe au bas d'un tronc d'arbre, sur des buissons, pour les décider, les exciter. Les tromper.

Les clébards ont mordu à l'hameçon, il a gagné.

Rester avec son ami, c'était le condamner.

Il entend une voix, lointaine. Un suiveur, un chasseur.

La horde est sur ses talons…

Mais Rémy est loin. Si loin de ces bois hantés, de cette traque sans pitié.

Il est avec sa fille, sa petite Charlotte. Visage délicat, voix fluette. Rire généreux.

Yeux immenses, reflétant le bleu d'un ciel inconnu.

Il corrige le passé, l'arrange à sa façon. L'embellit, l'adoucit.

Se ment, se raconte une histoire qui n'est pas la sienne.

Tant pis, il peut bien s'offrir ce luxe, à présent.

Un des bâtons se casse, il tombe.

N'a plus la force de se relever.

C'est fini.

20

17 h 20

— Papa, pourquoi les oiseaux volent et moi pas ?

En voilà, une drôle de question ! Mais les gosses ont toujours de drôles de questions ! Reste aux parents à trouver les réponses, ce qui n'est pas toujours aisé… Enfin, là, c'est plutôt facile.

— Les oiseaux ont des ailes, mais toi non ! Alors, forcément, tu ne peux pas voler…

— Mais pourquoi j'ai pas d'ailes ?

Évidemment, celle-là, fallait s'y attendre !

— Parce que tu n'es pas un oiseau, ma chérie ! Moi non plus, je n'en ai pas ! Tu es une petite fille. Et une petite fille, ça marche, ça court, mais ça ne vole pas.

Les chiens sont les premiers à arriver sur les lieux.

Éclaireurs des ténèbres. Prémices de la curée. Ils encerclent la proie, la reniflent de près, glapissent de plaisir.

Devoir accompli.

Certains repartent en arrière pour aller clamer leur victoire, alerter leur maître vénéré. D'autres décrivent des cercles autour du corps immobile.

Rémy n'ouvre pas les paupières pour autant.

Il refuse de quitter cette place ; près de la fontaine, là où picorent les pigeons affamés. Là, sur cette place, où il tient la main de Charlotte.

Où il est heureux, sans même le savoir. Non, à l'époque, il ne s'en rendait pas compte.

Pauvre con.

Le bruit des sabots, maintenant. Sauf que les chevaux n'arriveront pas jusqu'ici. Ces salauds de chasseurs seront obligés de finir à pied.

— Papa, pourquoi j'ai pas un petit frère ?

Aïe ! Là, ça devient plus délicat. Et ça n'a aucun rapport avec les pigeons, en plus… Sauf qu'un jeune garçon leur lance du pain, c'est sans doute la raison de cette interrogation saugrenue.

Rémy feint de ne pas avoir entendu, entraîne Charlotte vers le square tout proche. Mais la question retombe, quelques secondes plus tard. Agrémentée d'une précision assassine.

— Maman, elle dit que c'est toi qui veux pas !

Maman dit ça ?! Merde. C'est la vérité, pourtant. Plus tard, toujours plus tard. Ce n'est pas le bon moment pour un deuxième. Attendons.

Attendons quoi ?

Le bruit des pas, d'une armée de bottes, d'une légion satanique. Entre deux hurlements de clébards surexcités.

Il ne lui reste plus beaucoup de temps pour trouver la juste réponse.

Quoi de mieux qu'une autre question ?

— Tu aimerais un petit frère ? Et pourquoi pas une petite sœur ?

Charlotte hésite. Réfléchit. Cogite.

— Je sais pas !

— Remarque, tu ne peux pas choisir ! On ne peut pas choisir entre une fille et un garçon ! C'est la surprise !

Voilà, il a déjoué le piège avec finesse, fier de lui. Il faudra tout de même qu'il ait une discussion avec sa femme en rentrant !

Il est mort !

Non, il fait le mort !

Où est l'autre ? Où est le négro ?!

Rémy sourit. Ouvre enfin les yeux.

— Vous cherchez quelqu'un, messieurs ? demande-t-il. Je peux peut-être vous renseigner ?

Les chasseurs restent un instant stupéfaits. Nulle peur sur ce visage écorché, épuisé, malmené.

Nulle frayeur dans ces yeux fatigués.

Juste de la fronde. De l'insolence, du mépris. De l'indifférence, presque.

Rémy s'assoit dos à un arbre, gardant sa jambe meurtrie allongée devant lui.

Il fixe le Lord, sans sourciller. Ce dernier fait taire ses limiers, affronte le regard de Rémy.

Avec son éternel sourire. Tatouage maléfique.

Enfin, il se tourne vers l'Anglais.

— Il est à vous, maintenant.

L'autre ne répond pas.

L'autre, c'est Sam Welby. Une quarantaine d'années, pas plus. Petit, gringalet, la peau et les cheveux clairs. Le Lord a appris, au cours de son enquête préliminaire, que ce Sam est né avec les poches de sa layette pleines de fric. Un fric qu'il passe son temps à dilapider à sa guise. Un homme réservé, peu bavard, hermétique. Replié sur lui-même. Pas un sourire ou un éclat de rire depuis qu'il a débarqué. Pas une exclamation.

Mais ce n'est pas de la froideur ou du mépris, songe le Lord. Un simple handicapé de la communication avec ses semblables.

Sam ne bouge pas. C'est la première fois qu'il va passer à l'acte. Il est un peu déstabilisé par cet homme à terre, attendant sagement son exécution. Il ne voyait pas la chose ainsi. Ses fantasmes se désagrègent, ses certitudes aussi. Il n'est plus certain d'avoir envie.

C'est le problème avec les fantasmes, d'ailleurs. Il vaut souvent mieux ne pas essayer de les réaliser.

— Vous attendez quoi ? s'impatiente le Lord.

— Rien...

— Je vous pose un problème, mon cher ? nargue Rémy. Allons, je ne suis qu'un clodo, souvenez-vous ! Certes, avant cela, j'étais un ingénieur respecté ainsi qu'un bon père de famille... Mais si ça vous simplifie la tâche de l'oublier, faites, je vous en prie...

Le sourire du Lord se fige. *Un bon père de famille ?!* Ça n'était pas prévu au programme. Mais il est un peu tard pour revenir en arrière.

L'Anglais demeure tétanisé. Alors, Rémy continue son numéro ; son baroud d'honneur.

— C'est le fait que je sois à terre qui vous bloque, peut-être ? Attendez, je vais me relever...

Le Rosbif écarquille les yeux. Rémy s'aide de son bâton pour se remettre sur ses deux jambes.

— Voilà... Est-ce mieux ainsi ?

Toujours rien en face. Le vide.

Rémy s'approche, lentement. Comment arrive-t-il à contenir sa peur, naturelle, instinctive, viscérale ? Il a voulu la mort, l'a appelée à la rescousse pour mettre un terme à ce supplice. La trouille, il n'en a plus vraiment conscience. Elle est lovée en lui, comprimée au creux de son ventre. Prête à exploser.

Le voilà désormais tout près de celui censé l'exécuter.

— Alors, espèce d'enfoiré, t'as des remords ? Les jetons ? T'as perdu ta langue ? Tu veux peut-être que je me suicide ?

Le visage ennemi se crispe, se déforme sous l'effet de la colère.

— Je te poursuivrai jusqu'à ta mort, fumier, murmure Rémy. Et j'espère que tu crèveras dans les pires tourments... Que vous crèverez tous dans les pires tourments...

Il crache à la face de son assassin incapable de l'assassiner. Delalande intervient ; il saisit Rémy par son vieux blouson crasseux, le secoue comme un prunier.

— Où est ton copain ?

— J'avais un petit creux, j'l'ai bouffé !

Coup de boule, le cerveau de Rémy fait le tour du monde. Il vacille mais a tout de même le temps, avant de tomber, de rendre au client la monnaie de sa pièce. Ils se retrouvent tous les deux à terre.

Le Lord prend les choses en main. Il attrape son flingue, colle le canon sur la gorge de Rémy.

— Où est l'autre ?

— Aucune idée, monseigneur ! Et si tu allais te faire foutre, non ?

— Réponds...

— Sinon quoi ? Tu vas me tuer ?

— De toute façon, on va le retrouver et s'en occuper !

— Ça, ça m'étonnerait ! Il a pris la tangente, Sarhaan ! C'est un champion du 800 mètres, Sarhaan ! Fallait te renseigner avant d'aller le chercher, espèce d'enculé !

Le Lord le lâche, se tourne à nouveau vers Welby. Toujours paralysé. Mais ici, aucun abandon possible. Chaque participant s'est engagé à tuer sa proie. C'est une manière de les faire taire à jamais.

Le Lord se plante devant lui, impressionnant.

— Maintenant, vous faites ce que vous avez à faire. Et tout de suite. Nous n'avons plus de temps à perdre…

— J'ai payé, je fais comme je veux ! s'offense l'Anglais.

Son hôte fait non, d'un simple mouvement de la tête.

— Vous connaissez les règles. Vous ne pouvez plus reculer. Ne m'obligez pas à être plus persuasif… Il ne fallait pas venir ici si vous n'avez pas les couilles… Le clodo en a plus que vous, on dirait !

Welby essaie de se ressaisir, il empoigne son arme ; fusil à canon scié.

Rémy se relève une nouvelle fois, une dernière fois. Lentement, difficilement.

Allez, l'ultime effort.

Il parcourt l'assemblée du regard. Comme perché sur un piédestal.

C'est alors qu'elle explose dans ses tripes. Un bâton de dynamite, une grenade incendiaire.

La fameuse peur. Celle qui, endormie par la souffrance, usée par la douleur, s'était recroquevillée dans les tréfonds de son être.

Elle s'insinue, dans chaque parcelle de chair, chaque atome de son corps. Elle sue, par chaque pore de sa peau ; sourd dans chaque veine, chaque artère. Fait vibrer à l'extrême chacun de ses nerfs.

Il voudrait que son visage n'en dise rien, que ses yeux ne trahissent pas ce secret.

Rémy voudrait mourir en héros.

Hélas…

Sam Welby a le doigt sur la détente. Pourtant, rien ne se passe.

Un des chiens s'impatiente, se remet à gueuler, reçoit un coup de pied dans les côtes.

— Mais qu'est-ce que vous attendez ? assène le Lord, excédé.

Quelques perles de sueur coulent sur le front du client. Son index tremble, hésite, s'éternise.

Chacun retient sa respiration.

Le Lord approche ses lèvres de l'oreille de l'Anglais, puis chuchote :

— Si vous ne le tuez pas, c'est moi qui vous descends… Compris ?

Welby ne quitte pas Rémy des yeux.

Rémy ne quitte pas l'arme des yeux.

Il sent des froissements dans son corps. Ses jambes qui lâchent, son cœur qui ne va pas tarder ; crise cardiaque, ça l'arrangerait bien, ce salopard de British !

Sarhaan, promets-moi de t'en sortir ! Promets-moi…

Le Lord braque son flingue sur la nuque du client. Solution extrême. Mais ça n'est pas la première fois.

— Cinq, quatre, trois…

— Je vous méprise ! dit soudain Rémy. Je vous méprise… Bande de…

La détonation le surprend. Un bruit assourdissant qui lui coupe la parole. Il est projeté en arrière, se heurte à l'arbre. La douleur met quelques centièmes de seconde à arriver jusqu'à son cerveau. Il baisse la tête, ses genoux se plient. Il s'affaisse le long de l'écorce rugueuse.

La balle a pénétré sa cage thoracique, avant de ressortir entre ses omoplates. Il porte la main sur la plaie béante. Cherche l'air, la vie. Touche enfin le sol, se retrouve assis, comme l'instant d'avant.

— Vous... ne... valez rien... Vous n'êtes... rien...

— Achevez-le ! ordonne le Lord avec une inhabituelle colère. Achevez-le, nom de Dieu !

Mais l'Anglais est à bout. Il se met à trembler comme une feuille. Alors, le Lord s'approche de Rémy, jusqu'à ce que l'arme touche son front.

Leurs regards se croisent, se mélangent, se confondent.

Rémy surprend une inattendue souffrance dans les yeux de l'autre. Une hésitation, un regret. Une plaie, une fissure.

Puis un froid, glacial.

Le néant.

La détonation. Le sang. La chute, infinie.

Papa, pourquoi t'es mort ?

21

17 h 30

Diane n'en croit pas ses oreilles.

Hallucination ? Mirage ?

Un véhicule foule le bitume. Là, tout près. Juste au-dessus de sa tête. En s'aidant des mains, elle gravit les derniers mètres du talus avec une énergie nouvelle puis pose enfin un pied sur l'asphalte.

La route. Celle qu'elle espère depuis ce matin. Pour un peu, elle l'embrasserait !

Dommage qu'elle ait raté la voiture qui vient de passer. Mais il y en aura d'autres même si cette fameuse départementale ressemble plus à un chemin vicinal qu'à une autoroute.

D'une main tremblante, elle récupère la carte dans sa poche ; pas le moment de se tromper de direction ! Elle repère le hameau, comprend qu'elle doit partir à droite. Mais les chasseurs aussi sont sans doute proches de la route. Marcher au beau milieu de ce ruban de goudron serait trop risqué ; autant rester à couvert. Elle décide donc de continuer sur le bord, à l'abri de la première rangée d'arbustes. De là, elle pourra entendre et voir le prochain automobiliste, tout en progressant vers les quelques maisons qui ne sont plus qu'à trois ou quatre kilomètres.

C'est rien, trois ou quatre bornes, ma vieille ! Rien du tout…

C'est énorme, trois kilomètres. Lorsqu'on vient d'en parcourir tant, avec une horde de tueurs à ses trousses ; avec une balle dans le bras ; avec la peur de mourir.

Trois kilomètres de danger.

Trois kilomètres de trop ?

C'est alors qu'elle entend à nouveau ce bruit, magique. Celui d'un moteur.

C'est alors qu'elle voit, arrivant en face, la voiture blanche…

*
* *

Sarhaan pleure toujours. Quelques larmes qui coulent de ses yeux d'onyx.

Il pleure, mais s'est remis à marcher, puis à courir.

Rémy a donné sa vie pour essayer de sauver la mienne. Je dois tout tenter pour m'en sortir. Tout.

Ne jamais abandonner. Tant que bat mon cœur.

Il a franchi des landes, une tourbière où il a brouillé les pistes ; le voilà émergeant d'une plantation serrée de sapins de Douglas où il a cru traverser les ténèbres, déjà.

Il court, encore. Parallèlement à l'immense mur de clôture qu'il a retrouvé il y a peu.

Il court, alors même qu'il ne sent plus ses jambes, aussi dures que le granit.

Mais soudain, il s'arrête. Une allée, comme il en a tant croisé aujourd'hui. Celle-ci est différente ; elle est goudronnée. Des arbres majestueux la bordent avec élégance.

C'est celle menant au château du Lord.

Il la longe, en sens inverse, derrière les magnifiques châtaigniers plus que centenaires.

Que va-t-il trouver au bout ?

La sortie, évidemment.

Il s'immobilise, à distance raisonnable. Un portail haut, métallique, rehaussé de pointes dorées, assassines. Sur la droite, une sorte de petite maisonnette en pierre ornée d'une baie vitrée. Sarhaan s'approche, avec une féline discrétion. Dans la guérite améliorée, un type veille. Il peut l'apercevoir, assis derrière une table, en train de bouquiner. Tandis qu'en face de lui, quelques écrans distillent des images fixes ; celles des caméras de surveillance disséminées en haut du mur, sans doute. De temps à autre, le garde lève les yeux vers ces espions, puis replonge dans son magazine.

Sarhaan essaie de réfléchir ; la fatigue rend la chose difficile.

Ce mec est certainement armé ; l'attaquer de front serait de la folie. Pourtant, il ne voit pas d'autre solution pour ouvrir ce fameux portail.

Il s'approche encore, à pas de Sioux, avec l'impression que sa respiration bruyante, désynchronisée, va le trahir. Il n'est plus qu'à cinq mètres de la maisonnette.

Se jeter sur le gardien, le désarmer, l'assommer – ou le tuer –, actionner l'ouverture automatique et... voler vers la liberté !

Sarhaan s'allonge carrément par terre. Finir en rampant sera le meilleur moyen.

Mais subitement le type se lève, Sarhaan retient son souffle. Ça bouge sur un des écrans. Le cerbère appuie sur un bouton, le portail commence à s'ouvrir. Le Black voit apparaître progressivement la calandre d'une voiture. Un 4×4, tels ceux qui circulaient sur la propriété pour guider les chasseurs.

Ce que Sarhaan ignore, c'est qu'il s'agit du véhicule qui a conduit le Russe à l'hôpital. Et qui revient d'ailleurs sans son client, resté en observation.

Ce que Sarhaan ignore, c'est que l'opportunité qui s'offre à lui n'est pas fortuite. Qu'il en est, avec ses regrettés compagnons, l'instigateur.

En balançant cette pierre à la tête de Balakirev, il s'est acheté un ticket pour la liberté.

Il a changé les règles du jeu.

Sarhaan ne sait qu'une seule chose : maintenant ou jamais.

Le conducteur du 4×4 attend patiemment que le portail finisse d'ouvrir sa gueule béante. Le Malien a rampé encore plus près. Le portier salue ses collègues, le 4×4 s'engage dans l'allée.

Maintenant ou jamais.

Alors que les portes sont en train de se refermer.

Maintenant ou la mort assurée.

Sarhaan bondit, s'élance.

Sprint d'anthologie.

Le gardien le voit passer en trombe, sorte de bourrasque ; il en tombe presque de sa chaise.

Le 4×4 freine brutalement, ses feux de recul s'allument.

Sarhaan a franchi le seuil. Le cerbère dégaine son arme, ajuste son tir entre les deux pans métalliques. Une meurtrière, désormais.

Le fuyard traverse la route, se jette tête la première dans la végétation alors que la détonation retentit...

17 h 40

Diane se plante au milieu de l'étroite chaussée, agite son bras gauche, sans songer à lâcher son précieux fusil.

— Arrêtez-vous ! Arrêtez-vous, s'il vous plaît !

La voiture blanche freine, un peu tard, dérape sur le goudron humide, chasse de l'arrière, fait une embardée et évite de justesse d'atterrir dans le fossé. Le conducteur a sans doute été effrayé par cette fantomatique apparition devant son capot.

Diane se précipite vers le véhicule ; au moment où elle touche la vitre côté passager, la bagnole redémarre nerveusement.

— Mais arrêtez ! implore Diane en s'accrochant à la berline. Arrêtez-vous ! J'ai besoin d'aide ! Ne partez pas ! S'il vous plaît !

Elle lâche prise, cesse de poursuivre l'automobile qui s'éloigne de plus en plus vite. Elle a eu le temps de voir le visage des occupants ; un couple, avec un jeune enfant derrière. La trentaine, comme elle. Des gens ordinaires, comme elle.

Pourquoi ne se sont-ils pas arrêtés ?

Diane tombe le cul sur l'asphalte. Cette course l'a anéantie. Cet espoir si intense, brisé, l'a vidée.

Comment ont-ils pu m'abandonner ici ?

Peut-être est-ce le fusil qui les a effrayés… ?

Soudain, elle se met à hurler.

Salauds ! Lâches ! Si je vous retrouve, je vous fais la peau !

Elle s'arrête enfin de cracher son inutile venin. Tout juste bon à ameuter ses poursuivants en train de ratisser les parages. De toute façon, sa voix s'est éteinte. Des sanglots restent coincés dans sa gorge sèche, des embryons de larmes dans ses yeux.

Elle se remet debout, avec l'impression de gravir l'aiguille du Midi, retourne se planquer derrière les arbustes et reprend son chemin de croix en direction du hameau. Inhabité, si ça se trouve…

Pourquoi ne m'ont-ils pas secourue ? Ils pouvaient arrêter ce cauchemar. Ils pouvaient tout arrêter. Me tendre la main, simplement. Il leur suffisait d'ouvrir une portière.

Pourtant, ils n'ont rien fait.

*
* *

17 h 50

Le Lord a perdu son sourire. Enfin.

Mais pas son sang-froid.

Le garde l'a prévenu, juste après l'évasion spectaculaire du Malien. Le premier 4×4, celui dont l'entrée lui a permis de s'échapper, est déjà à sa poursuite.

Le Lord troque son pur-sang contre une Jeep, dans laquelle il invite l'Autrichienne à prendre place. Delalande et deux des suiveurs choisissent une autre voiture. Ils s'élancent à leur tour sur les terres qui bordent l'immense propriété.

Sam Welby, lui, jette l'éponge et regagne le manoir pour cuver sa crise de nerfs.

Le Lord ne sourit plus, non. C'est la première fois qu'un gibier parvient à se faire la belle. Le préposé au portail et caméras de surveillance aura de ses nouvelles, une fois ce contretemps réglé. Relié par radio aux autres chasseurs, le Lord met en place une souricière.

Le Black n'a pu engranger beaucoup d'avance ; il faut donc l'enfermer dans un périmètre, l'encercler afin qu'il ne puisse regagner la civilisation ou se fondre dans les bois avoisinants. Trois hommes à pied sont également sur le terrain, avec les chiens en laisse. Ces fameux limiers qui commencent cependant à montrer des signes de fatigue. Qui aimeraient regagner leur cage. Bouffer, boire et dormir.

La proie ne peut leur glisser entre les doigts avec ce dispositif.

Impossible.

L'Autrichienne a posé son arbalète sur ses genoux, elle scrute les alentours, prête à s'offrir une cible supplémentaire. Du rab, un joli dessert. Un supplément sans augmentation de prix. Elle semble plutôt excitée par la tournure que prennent les choses.

Le Lord ne lui adresse plus la parole, concentré sur cet épineux problème. En ce samedi, le fugitif peut rencontrer cueilleurs de champignons, promeneurs, VTTistes… L'heure tardive est un atout, mais le risque existe.

Soudain, le Lord sent une main sur sa cuisse. Il tourne la tête vers sa passagère, qui lui sourit, se montre plus aventureuse.

— Plus tard, dit-il simplement.

Elle acquiesce d'un gracieux mouvement de tête.

Mais laisse sa main posée en terrain conquis.

17 h 50

Les cris de la jeune femme ne leur ont pas échappé ; Katia a dressé l'oreille, la troupe des chasseurs s'est arrêtée.

— Putain, elle est pas loin, murmure Roland Margon. Là, un peu plus haut, sur la route...

— Faut se magner, ajoute Séverin. Si elle trouve une bagnole, on est cuits...

— Va dire ça à ton dégénéré de fils ! rétorque froidement le pharmacien.

Gilles sort de ses gonds, comme un diable jaillit de sa boîte en carton ; ça n'effraie personne.

— Arrête avec ça, merde ! J'vais te la retrouver moi, cette salope ! Et je vais nous en débarrasser !

Margon sourit, cruel, tout en se remettant à marcher en direction de la route.

— T'as même plus ton arme, espèce de crétin !

— Pas besoin de fusil, j'vais l'étrangler de mes propres mains !

Cette dernière réplique jette un froid. Séverin Granet fixe sa progéniture d'un drôle d'air.

L'étrangler, comme... Julie ?

Mais la progression continue.

Après tout, ils sont tous devenus des tueurs en ce beau jour d'octobre. Alors, que l'un d'eux en soit à la récidive n'a plus guère d'importance.

Ils en sont arrivés à un stade ultime, terrible : ils relativisent.

Ils ne peuvent plus faire marche arrière, sinon en sacrifiant leur vie, leur honneur, leur confort. Ils ont dépassé les limites, atteignant le point de non-retour.

Ils sont des meurtriers, à présent. Quoi qu'ils fassent ou disent, ils ne sont plus que des assassins.

Des assassins soudés par un effroyable secret qui les enchaînera jusqu'à la mort.

Mais le plus difficile, ce sera après.

Vivre avec.

22

18 h 00

Le jour commence dangereusement à décliner sur la Sologne profonde. Un engoulevent se réveille, un geai s'endort.

Et Sarhaan court toujours.

Ses pieds heurtent les pierres, s'embronchent dans les racines ; ses chevilles se foulent dans les pièges multiples ; son cœur est au supplice, ses poumons lui semblent trop petits, l'oxygène trop rare.

Il entend le ronronnement infernal des 4×4 qui tournoient autour de lui comme des insectes géants.

Il entend, encore et toujours, les complaintes des chiens flairant sa trace.

Sangsues acharnées.

Il entend les chuchotements de la mort, impatiente de le prendre.

Tu vas payer... Tu dois mourir... Comme celui que tu as tué...

Il entend la peur qui l'étreint, empoisonne son sang déjà rendu toxique par l'effort brutal.

Pourtant, il court.

Il débouche soudain sur une piste en terre, hésite à la traverser. Il regarde à gauche, à droite...

La Jeep, arrêtée, tapie au bout de l'allée, juste avant le virage.

La flèche qui siffle, l'impact dans l'arbre à quelques centimètres de lui.

Il crie, rebrousse chemin.

Non, Rémy, je ne m'en sortirai pas. Je ne reverrai jamais mon pays, mes frères, mes sœurs.

Je ne reverrai jamais Salimata !

Bientôt, je ne verrai plus rien...

Pourtant, Sarhaan court toujours.

*
* *

Diane se sert du fusil comme d'un étai. Les branches froides et élastiques des arbustes fouettent son visage brûlant, ses mollets durcis, ses cuisses douloureuses.

La nuit, bientôt.

La mort, bientôt.

Non, le hameau n'est plus très loin. Tu peux y arriver, ma vieille... Tu peux...

Dans le crépuscule qui l'encercle, elle devine quelque chose d'anormal. Des ombres qui ne sont pas végétales.

Elle met quelques secondes à réaliser.

Eux aussi l'ont vue.

Ils sont là, tout près, seulement séparés d'elle par quelques arbres, quelques buissons.

Quelques mètres.

Diane ne sait plus. Reculer, avancer, tirer ?

Mourir ?

18 h 05

Le Lord et l'Autrichienne ont jailli de la Jeep, se sont élancés aux trousses de leur dernier gibier, comme un couple de fauves affamés.

Cannibales.

Ils sont juste derrière lui, sur ses talons. Sentent même les effluves de sa peur.

Ça les excite, ça les rapproche. Ça les unit.

Armés jusqu'aux dents, ils savent que le Black leur appartient. Ce n'est plus qu'une question de secondes, désormais. De minutes, à la rigueur.

Sarhaan se dirige droit sur un autre groupe, celui de Delalande qui attend de pied ferme sa proie achetée si cher.

Il ne s'en sortira pas, pris au piège dans un étau qui va le broyer, l'anéantir.

*
* *

Diane fait deux pas en arrière.

Ils ne vont pas tirer, elle le sait. Ils vont seulement se saisir d'elle, la conduire de force vers sa tombe.

Elle brandit l'arme devant elle, pose son doigt sur la détente. Elle essaie de se servir de sa main droite pour maintenir le fusil à l'horizontal.

Sans aucune hésitation, elle appuie. Le bruit, assourdissant, lui percute les tympans. Le choc, violent, la force encore à reculer de deux pas.

Les chasseurs se déploient pour l'encercler, disparaissant derrière les silhouettes inquiétantes des arbres. Visiblement, elle n'a touché personne.

Alors, Diane pivote sur elle-même et se remet à courir.

*
* *

Sarhaan zigzague, slalome entre les pins.

Les chasseurs en face, les chasseurs derrière, les chasseurs à gauche… L'étreinte mortelle se resserre, l'asphyxiant lentement. Une armée de serpents qui l'étranglent.

Mais il court, bondissant par-dessus les obstacles, se jouant des pièges.

Il sait qu'il n'a plus beaucoup de temps. Que son cœur va lâcher, son corps refuser.

Une seconde flèche le frôle, se plante dans la terre.

Ne le ralentit même pas.

Il débouche sur une piste, aux abois, à bout de souffle, de force, de volonté. Il entend un bruit familier derrière lui, celui d'un 4×4, se retourne…

*
* *

Diane est au milieu de la route. Elle voudrait courir mais n'y parvient plus. Elle voudrait espérer mais n'y croit plus.

Elle n'ose même pas regarder dans son sillage ; ils sont là, elle le sait.

Elle lâche son fusil, trop lourd. Tente encore quelques pas tordus, ceux d'un ivrogne ou d'un mourant.

240

Elle attend les mains qui vont l'empoigner, l'entraîner vers la fin.

Elle attend, résignée.

Elle bouge encore, comme par automatisme.

Derniers soubresauts avant le trépas.

Jusqu'à ce qu'une lumière éblouissante la percute, de plein fouet...

*
* *

Sarhaan se retourne, le 4×4 pile pour ne pas lui rouler dessus. Le Black s'effondre sur le capot avant de glisser jusqu'au sol. Le conducteur sort, se précipite. Sarhaan considère, hébété, ce type en kaki.

Ce chasseur.

— Ça va, monsieur ? Je ne vous ai pas blessé ? Vous voulez que j'appelle des secours ?

Les yeux du Malien s'arrondissent. Démesurément.

— Aidez-moi...

Le mec le prend par le bras, l'aide à se remettre debout.

— Emmenez-moi... Ils veulent me tuer...

— Hein ?

— Emmenez-moi, je vais vous... expliquer...

Sarhaan n'attend pas que son sauveur comprenne la situation ; il grimpe sur le siège passager, s'enferme dans la voiture. Le chasseur reprend le volant, encore sous le choc.

— Démarrez ! supplie Sarhaan. Démarrez, vite ! Sinon, ils vont nous tuer !

— Mais qui ?!

Deux tueurs surgissent sur la piste, trente mètres devant la voiture.

— Eux ! hurle le Black.

Le Lord et l'Autrichienne jaillissent à leur tour des bois, une vingtaine de mètres dans leur dos.

— Démarrez !

Le chasseur semble enfin comprendre la situation ; ou simplement, l'urgence. Il appuie sur le champignon, oblige les poursuivants à se jeter sur le bas-côté. Sarhaan regarde dans le rétroviseur, voit la silhouette du Lord s'éloigner rapidement.

Sauvé !

*
* *

Diane tombe à genoux sur la route, les yeux levés vers cette fameuse lumière.

Coup de frein brutal, pneus qui crissent sur l'asphalte. Calandre qui stoppe à quelques centimètres de son visage.

Elle se relève, se précipite vers la portière du passager heureusement ouverte, s'engouffre dans le véhicule. Le conducteur la regarde, bouche bée.

Quatre hommes déboulent à leur tour sur la route, ombres maléfiques dans la lumière des phares.

— Ces hommes veulent me tuer ! Démarrez, je vous en prie !

Le type continue à la fixer, un peu ébahi. Incrédule.

— Du calme, mademoiselle…

— Démarrez, putain !

Il remarque enfin les chasseurs armés qui approchent de son véhicule. Alors, il obéit, exécute un demi-tour acrobatique, part en trombe dans l'autre sens.

Diane éclate en sanglots.

Sauvée !

18 h 15

— Je veux aller à la police ! dit Sarhaan.

— Qu'est-ce qui vous est arrivé ? demande l'homme en kaki. Qu'est-ce que vous voulaient ces types ?

— Ils voulaient me tuer ! Ce sont des assassins !

— Du calme, du calme...

— La police...

— On va aller à la gendarmerie, il y en a une pas très loin d'ici, O.K. ?

— D'accord... Merci...

Son bienfaiteur est un type jovial, la cinquantaine. Sur la banquette arrière, son chien s'est paisiblement rendormi ; son fusil, cassé, est posé à même le plancher.

Sarhaan ne cesse d'épier autour de lui, derrière lui, n'arrivant pas à croire que le Lord a abandonné la partie.

Pourtant, personne ne les suit.

— La gendarmerie, elle est à dix kilomètres, précise le conducteur. On y sera dans un quart d'heure, pas plus...

— Merci... Merci beaucoup ! Vous m'avez sauvé la vie...

— Ah bon ? J'ai rien fait d'extraordinaire, répond l'homme. À part éviter de vous écraser !

*
* *

Diane prend un Kleenex dans la boîte à gants. Elle essuie son visage, renifle encore un peu.

— Ça va mieux ? s'inquiète son chauffeur.

— Oui, merci…

— Vous êtes blessée, non ?

— Oui, ils m'ont tiré dessus, ces salauds !

— Mais c'est qui, ces malades ?

Alors Diane raconte. Tout.

Sa journée en enfer, la traque sans pitié, la course contre la montre pour échapper à la mort. Elle parle lentement, trop fatiguée pour suivre le flot de ses tumultueuses pensées.

Elle a réussi. Elle est vivante, à l'abri dans cette voiture.

— C'est pas croyable, conclut l'inconnu. Pas croyable… Ces mecs sont des fous !

— Oui… Faut qu'on aille à la police.

— Il faudrait d'abord vous soigner, non ?

— Plus tard… Je veux qu'ils soient arrêtés ce soir !

— Eh bien, nous allons descendre sur Florac, il y a une gendarmerie là-bas…

— Une gendarmerie, oui, très bien…

— C'est comment, votre prénom ?

— Diane.

— Moi, c'est Yves.

Diane appuie son crâne contre la vitre, laisse ses muscles se relâcher enfin.

Elle observe à la dérobée son sauveur. Il ne doit pas avoir quarante ans, grand, le visage anguleux, sec. Profil aquilin, mains longues et noueuses.

Mais elle le trouve beau. Tellement beau.

Elle aimerait presque se jeter à son cou.

Presque. Quelque chose la retiendrait d'une telle effusion, cependant. Va-t-elle avoir peur des hommes, désormais ?

Elle allonge un peu ses jambes meurtries, ayant hâte d'ôter ses chaussures pleines de boue. Elle se baisse pour ramasser une étoffe qui gît sur le plancher et qu'elle vient de souiller avec ses pompes dégueulasses. Un joli foulard de femme, dans les tons bleus. Ça n'a vraiment aucune importance, et pourtant, ça la contrarie d'avoir piétiné cet élégant morceau de soie.

Tout est si sale, aujourd'hui.

— Désolée, dit-elle. J'ai marché dessus et…

— Ce n'est pas grave ! Ce n'est rien… Donnez…

Il récupère le foulard, le balance sur le siège arrière.

— Vous savez, dit Yves de sa voix douce, ça ne fait pas longtemps que je suis ici… Je me suis installé dans la région il y a deux mois à peine ! Et je m'y plais beaucoup… Mais je suis un oiseau migrateur et je sais que bientôt, je repartirai… !

Diane est sur le point de s'évanouir. Du moins le croit-elle. Alors, la vie privée et les envies de bougeotte de cet étranger la laissent de marbre. Mais elle réalise tout de même qu'elle a oublié quelque chose d'important. D'essentiel, même.

— Merci, Yves… Merci beaucoup.

— Je vous en prie, Diane, vous n'avez pas à me remercier… Je n'allais pas laisser une jolie femme sur cette route déserte, en si mauvaise posture !

Il se met à rire, Diane ferme les yeux.

Pourquoi n'accélère-t-il pas ?

Elle voudrait déjà être dans cette gendarmerie.

Non, elle voudrait déjà être chez elle, voudrait que tout cela ne soit qu'un mauvais rêve.

Elle voudrait être dans les bras de Clément.

Elle voudrait simplement que cette journée n'ait jamais existé.

Épilogue

Six jours plus tard...

Paris, c'est encore plus beau vu du ciel ; mais ce matin, Sarhaan n'a pas le cœur à admirer la capitale.

Il pense à Rémy, Eyaz, Hamzat. Dont les assassins ne seront sans doute jamais punis.

Il a compris que le Lord ne serait pas arrêté, que ses clients ne seraient pas inquiétés. Sinon, les forces de l'ordre l'auraient gardé en France pour témoigner. Ils ne l'auraient pas obligé à monter dans cet avion, après l'avoir séquestré dans un centre de rétention, juste à sa sortie de l'hôpital de Blois.

Les gendarmes ont pris sa déposition avec attention. Avec incrédulité, aussi. Une histoire de dingue ?

Le type qui lui a sauvé la vie n'a pas pu leur raconter grand-chose ; sauf qu'il avait failli percuter un homme courant dans la forêt comme un dératé. Qu'il avait effectivement vu d'autres chasseurs dans les parages. Mais rien qui puisse accréditer la thèse de la traque mortelle soutenue par Sarhaan.

Les képis lui ont fait signer sa déposition, lui ont assuré qu'ils mèneraient l'enquête puis l'ont envoyé à l'hôpital de Blois, en le mettant tout de même en garde à vue.

Un sans-papiers. Là, ils détenaient la preuve, formelle.

Un sans-papiers venu se jeter dans la gueule du loup.

L'hosto… Quatre jours en observation ; quatre jours pour récupérer ; quatre jours à essayer de dormir sous l'effet des calmants.

Mais les calmants n'empêchent pas les cauchemars.

Ceux qui passent en boucle, sans attendre la nuit. Et se déchaînent, durant son sommeil.

Dans sa chambre aseptisée, la peur était à son chevet. À chaque instant, il craignait de le voir entrer.

Lui, le Lord.

Déguisé en médecin, un couteau à la main. Prêt à le saigner comme un animal.

À l'égorger comme un gibier.

Jusqu'à la fin de sa vie, il ne sera plus qu'un gibier.

Une proie.

Ces cauchemars où il fuyait sans cesse, poursuivi par un danger invisible, par le hurlement des chiens. Où il courait, encore et encore. Où il chutait, ne trouvait plus la force de se relever. Voyait les ombres démoniaques l'encercler pour l'achever…

Il ouvrait les yeux, avec la certitude que la horde était dans la chambre.

Là, juste autour du lit.

À l'hôpital, puis au centre de rétention, il a continué à raconter son histoire.

Partout, à tout le monde. Tout le temps. Sans relâche. En français, en anglais.

Ce témoignage, unique ; celui du seul rescapé.

Mais à qui ? Aux autres sans-papiers qui le prenaient pour un fou ? Ou qui, dans le meilleur des cas, lui répondaient qu'ils étaient bien impuissants.

Aux flics de garde, qui ne l'écoutaient même pas, lui conseillaient de se taire.

Peu importe, il racontait.

Parce qu'il faut que les gens sachent.

Qu'une telle horreur existe.

Même si, pour le moment, personne ne semble y croire...

Alors, Sarhaan ne s'arrêtera pas là.

Il continuera à raconter, encore et encore. À hurler, s'il le faut. À écrire. À se battre, ou plutôt se débattre face aux oreilles devenues sourdes.

Il trouvera bien quelqu'un, au Mali, pour l'écouter, pour agir. Un Français membre d'une ONG, un journaliste, un toubib.

Il n'abandonnera pas, ne laissera pas le feu s'éteindre.

À la mémoire des martyrs.

Ses amis.

Alors que l'avion prend de l'altitude, il songe à Salimata. Qui doit être morte d'inquiétude de ne plus avoir de ses nouvelles. De ne pas savoir où il se trouve. Et qui ne peut même pas, faute d'un visa en règle, entreprendre la moindre démarche pour tenter de le retrouver.

Il se dit qu'il lui téléphonera ou lui écrira, une fois arrivé à Bamako. Pour lui raconter l'effroyable calvaire qu'il vient d'endurer.

Puis, il se ravise. Garder un contact avec elle, ce serait la mettre en danger.

Il sait que le Lord le poursuivra jusqu'en Afrique, jusqu'au bout du monde, jusqu'en Enfer.

Il sait que la traque ne fait que commencer.

Adieu, Salimata...

Le Lord sirote son café sur la terrasse couverte. Il écoute, admire cet hiver qui s'annonce un peu rude.

Bientôt, il repartira en chasse.

Aujourd'hui, un cerf sera sa cible ; un mâle magnifique repéré la veille.

Les chasses à l'homme, c'est terminé. Ici, en France. Déjà il songe à s'expatrier, à exporter son savoir-faire.

Car ici, c'est devenu trop dangereux.

Il a dû appeler à la rescousse ses appuis les plus haut placés pour s'extirper en finesse de ce mauvais pas. Delalande lui a filé un coup de main. À eux deux, ils ont rameuté les types les plus influents de ce pays.

Le témoignage d'un sans-papiers malien contre celui d'un richissime propriétaire terrien, ça ne vaut pas grand-chose. Même si les gendarmes de base auraient bien voulu mettre leur nez dans ses affaires.

Mais non, il ne sera plus harcelé. C'est déjà une histoire ancienne. Les képis sont muselés, persuadés en douceur qu'il s'agit là d'une fable abracadabrante. Qu'ils ont en face un homme au-dessus de tout soupçon. Un ami des puissants de cet État, irréprochable.

Intouchable.

Il faut juste qu'il trouve le moyen de bâillonner cet homme, celui qui a réussi l'exploit de lui échapper.

Cet homme qu'il admire…

Si seulement il avait gardé le silence, s'était contenté de jouir du bonheur d'être en vie.

Le Lord paiera le prix qu'il faut pour s'en débarrasser, c'est juste une question de jours ou de semaines désormais.

Une nouvelle traque commence…

*
* *

Roland Margon lit le journal, attablé au café, juste en face de son officine.

Un petit ballon de blanc posé devant lui.

Un vent frais dégringole des monts cévenols, le ciel est d'un bleu pur. Incroyablement pur.

Le quotidien régional fait une fois de plus la une avec le fait divers ayant ensanglanté la semaine. La mort tragique d'une photographe, retrouvée lundi dernier, étranglée sur le bas-côté d'une route déserte. Même *modus operandi* que pour l'assassinat de la petite Julie sauf que la victime a reçu une balle dans le bras avant d'être assassinée. Ce qui n'avance guère les gendarmes qui continuent à chercher l'arme en question. Sans se douter qu'elle gît au fond d'une ancienne mine… Toujours aucune piste pour retrouver le *serial killer*. Certains journaux ont même osé titrer : *Retour de la bête en Gévaudan… !*

Roland sourit, tout en caressant le museau de Katia. Quels cons, ces journalistes ! Le Gévaudan, c'est à une centaine de kilomètres d'ici. Mais ça frappe les esprits, c'est certain…

Margon aimerait bien la rencontrer, *la bête du Gévaudan !*

Celui qui, par deux fois et sans le savoir, lui a sauvé la mise. En le débarrassant de Julie, d'abord, puis de

Diane, ensuite. Oui, il aimerait connaître ce dingue pour le remercier.

Mais, ignorant son identité, il remercie simplement sa bonne étoile.

Demain matin, il fermera boutique pour se rendre à l'enterrement. La moindre des choses.

Il a commandé une magnifique gerbe de fleurs qui ornera le cercueil.

Celui de Séverin Granet.

Qui s'est suicidé d'une décharge de chevrotine en pleine tête, le lendemain de la découverte du cadavre de Diane.

Personne n'a compris son geste désespéré. Il n'a laissé aucune explication, aucune lettre.

Margon non plus, ne comprend pas vraiment. À la rigueur, il aurait pu concevoir que la peur de la taule pousse Séverin à cette extrémité ; pendant les quarante-huit heures où ils n'ont pas su à quoi s'en tenir, où ils craignaient de voir débarquer à chaque instant les gendarmes chez eux…

Quarante-huit heures d'angoisse.

Quarante-huit heures d'un insoutenable doute. Parlera, parlera pas…

Et puis, il y a eu la délivrance, en ce lundi matin. Lorsque la nouvelle s'est propagée de village en village, à la vitesse de l'éclair.

La photographe est morte. Assassinée.

Soulagement.

Oui, Roland aurait pu comprendre que Granet succombe à cette intolérable attente. Mais s'exploser la cervelle le lendemain de la découverte du cadavre…

Il finit son verre, adresse un signe amical au patron. Puis, d'un pas lent, il rejoint sa pharmacie.

Il n'a ni sang sur les mains, ni tache sur la conscience. Ce n'est pas lui qui l'a tuée.

Une nouvelle journée de travail commence, identique à toutes les autres.

Une journée sans histoires.

Un meurtrier dénué de remords ressemble à s'y méprendre à un innocent...